HANNELORE STÖGER

GEORDNETE VERHÄLTNISSE

HANNELORE STÖGER

GEORDNETE VERHÄLTNISSE

Dramatische Novelle

BERGLAND VERLAG WIEN

Gesamtherstellung: Agens-Werk Geyer + Reisser, Wien
ISBN 3-7033-0038-8

Eine kleine Geschichte der Zeitenwende. Der Geist der herkömmlichen Ordnungen ist in Bewegung geraten, die alten, brüchigen Schläuche, die diesen Geist bisher noch weiterzuleiten vermochten, werden gesprengt durch Gärungsvorgänge. Statt Ordnung droht Chaos. Rigide Ordnungsvorstellungen, die die innere Bewegung nicht mitmachen, verursachen Impotenz. Impotenz ist hier im weitesten Sinn als Lähmung der Seelenkraft zu verstehen.
Es gibt Menschen, die bereit sind, das heraufdämmernde Chaos auf sich zu nehmen und ihm eine neue Ordnung zu geben. Das ist eine Anforderung an diese Menschen, der sie allein nicht gewachsen sind. Nur ein einziger Mensch, der sie versteht, würde genügen. Doch alleingelassen und unverstanden, brechen sie unter ihrer Bürde zusammen.

INHALT

PROLOG

Jede Mutter ist eine Schöpferin neuen Lebens und damit auch eine Göttin. Eine Göttin des Erdgeistes jedoch.
Ihr tiefstes Gefühl sagt ihr: Mein Geschöpf ist mein Besitz. Ich lasse es nicht, und ich bringe meine Opfer dafür.
Wer wird seinen Besitz loslassen?
Wer wird seinen unter Opfern erhaltenen Besitz nicht lieben und schützen?
Nur der höhere Geist, der Geist Gottes selbst, vermag das Geschöpf der Erdgöttin zu entziehen, um es zu seinem Geschöpf zu erheben.
Dann ist die Macht der Göttin vorbei.
Aber wer will Göttlichkeit verlieren?
Wer will Macht verlieren?
Gott ist die Liebe, Gott ist das Wort und Gott ist Sinn.
Und er spricht durch die Liebe, durch das Wort und durch den Sinn. Dann folgt Schicksal, nicht Vorhersehbares.
Jede Erdgöttin fürchtet diesen Geist Gottes, nimmt er ihr doch alles, ihre gesamte Existenz.
Und ein neuer Mensch, ein Geschöpf Gottes und nicht ihr Geschöpf, stünde auf der Erde.
Dies alles geht nicht ohne Kampf vor sich.
Nur größte Anstrengungen des Kindes selbst können diesen Kampf entscheiden. Tödliche Wunden nimmt es aus diesem Kampfe mit.
Dann aber geht ein neuer Mensch, ein Geschöpf Gottes, über die Erde.
Die Erdgöttin muß sich beugen. Hat sie jedoch ihren Verlust überwunden, anerkennt gerade sie das Geschöpf des größeren Gottes. Enttäuscht ist sie, wenn gerade ihr Geschöpf den Aufruf zu Wiedergeborenwerden aus der Macht des größeren Gottes nicht vollbringt.

Dann hat das Kind die totale Verachtung der Erdgöttin zu spüren.
Und es gibt Mütter des Geistes. Gott bedarf ihrer. Sie müssen durch die Hölle, um Verlorene herauszuholen.
Sie müssen Fußtritte austeilen, damit einer vor die Füße Gottes falle.
Sie müssen Sterbende anhauchen.
Sie müssen sich selbst das Herz brechen, um dies alles zu können.
Sie sind seltene Wesen, diese Art von Müttern.
Sie dürfen nichts besitzen.
Sie dürfen nie selbst geboren haben, sonst sind sie Erdgöttinnen wie alle.
Sie aber müssen Werkzeuge Gottes sein.

I. DER KAMPF

1.

Drei Reihenhäuser standen am Rande der Stadt.
Im ersten wohnte Familie Nichtig, bestehend aus Herrn Oberlandesgerichtsrat Werner Nichtig, seiner Frau Martha, und Robert, beider Sohn, der knapp vor der Beendigung seines Jusstudiums stand. Frau Martha war eine allgemein beachtete Persönlichkeit, stark, sich ihrer Macht bewußt, ordnungsliebend, klug – jedoch auch krank. Ihre Krankheit war die Hysterie, eine psychische Erkrankung, die auf den Uneingeweihten auf Grund ihrer Dramatik eine unentrinnbare Macht auszuüben imstande ist.

Im zweiten Haus lebten der kranke Witwer Viktor Kaplan, schon seit längerer Zeit Frühpensionist, und seine Tochter Jolanthe. Das Mädchen war Krankenschwester.
Im letzten der drei Häuser hauste Max. Er war Maler und Dichter, jedoch zerstört durch Trunk- und Rauschgiftsucht. Er ging keiner geregelten Arbeit nach. Seiner Mutter, die nicht bei ihm wohnte, wurde nachgesagt, daß sie ihren Unterhalt und den ihres Sohnes durch Prostitution erwerbe. Doch Genaues wußte niemand darüber.
Herr Viktor Kaplan, der sich oft krank und einsam fühlte, kam gern jeden Abend auf einen kurzen Besuch zu Frau Martha, die er sehr verehrte. Sie war für ihn eine Quelle der Stärke. Max wurde als Störenfried empfunden, seine Nachbarschaft als unangenehm. Doch alle hatten ihn zu ertragen.

2.

Eben war Viktor wieder zu Frau Martha auf Besuch gekommen. Gemütlich saßen beide in einem Fauteuil. Ich glaube, sagte Viktor, der in der Zeitung blätterte, heute werde ich auf das Fernsehen verzichten. Das alles

interessiert mich nicht. Außerdem fühle ich mich nicht wohl. Es ist schwül heute.
Ist es wieder Ihr Herz, fragte Frau Martha nebenbei.
Wahrscheinlich, antwortete Viktor müde.
Auch ich, sagte nun Frau Martha überraschenderweise, fühle mich heute etwas schwach. Aber ich übersehe das. Das Leben muß weitergehen.
Herr Viktor war, wie oft, betroffen. Er schämte sich etwas vor dieser Frau, vor ihrer Stärke. Ihm war plötzlich, als gäbe er sich selbst und seinen Beschwerden zu leicht nach. Sie sind mir ein wahres Vorbild in ihrer Willensstärke, sagte er.
Frau Martha richtete sich stolz auf.
Ich gebe zu, sagte sie, daß ich stark bin. Nur durch Willenstraining. So besteht man das Leben und vor allem – die Ehe. Die Geschwächtheit unserer Zeit erkennt man schon aus der Häufigkeit der Scheidungen.
Herr Viktor war noch müder geworden.
Sie werden sicher recht haben, beste Freundin, sagte er. Aber ich bin schon zu lange Witwer, um hier mitreden zu können. Die Mutter fühlte in diesem Moment, wie sie alle Schwächlinge haßte. Selbst Herrn Viktor empfand sie kurz als solchen.
Sie sagte jedoch: Denken Sie nur an unsere Nachbarin und ihren verkommenen Sohn Max! Wie ich sie hasse, diese Schwächlinge! Ich fasse es noch immer nicht, wie sich diese heruntergekommenen Menschen ein solches Reihenhaus leisten konnten!
Herr Viktor wich aus.
Es geht uns nichts an, sagte er.
Frau Martha wurde dramatischer.
Mit dem niedrigsten Gewerbe der Welt hat sich dieses Weib ein Reihenhaus erworben, sagte sie aufgeregt gestikulierend. Und das sind unsere Nachbarn!
Herr Viktor lenkte ein.
Nun, meinte er, das sind doch alles nur Vermutungen. Ich sehe immer nur ihren Sohn Max. Sie scheint woanders zu wohnen.

Hundertprozentig habe ich recht, sagte Frau Martha sehr bestimmt. Eine Schande ist das!
Herr Viktor war ein friedliebender Mensch.
Nun, sagte er wieder, Jolanthe findet diese Leute recht sympathisch. Dann passen Sie nur gut auf auf Ihre Tochter, sagte Frau Martha verärgert. Sie hat dort keinen guten Umgang.
Herr Viktor machte sich deshalb keine Gedanken. Er wußte, wie seine Tochter fast zärtlich an ihm hing, fleißig ihrem Beruf nachging und nicht leicht beeinflußbar war. Mit Stolz beobachtete er ihr gütiges Wesen.
Ach, diesbezüglich mache ich mir keine Sorgen, sagte er.
Robert, bestimmte Frau Martha, darf jedenfalls mit diesen Leuten keinen Umgang haben!
Plötzlich öffnete sich die Wohnzimmertür und Herr Oberlandesgerichtsrat Nichtig steckte den Kopf kurz herein. Ich ziehe mich zurück, Mutter, sagte er. Gute Nacht, lieber Nachbar! Bleiben sie nur, solange sie wollen. Ich habe für morgen eine Menge Verhandlungen angesetzt. Schon war die Tür wieder geschlossen.
Frau Martha seufzte.
Das ist ein langweiliger Mensch, sagte sie. Eine Arbeitsmaschine! Nun, ich werde meine Ehe nicht mehr ändern können. Sie ist intakt. Ich bin stolz darauf. Robert wird sich hoffentlich stets ein Beispiel daran nehmen.
Ach, was, Beispiel, murmelte Herr Viktor. Die Zeit bringt noch weit stärkere und vielfältigere Beispiele.
Frau Martha fühlte in ihr etwas aufsteigen, das sie im stillen immer als ihr Element bezeichnet hatte. So stand sie auch auf wie eine Königin. Diese Haltung stand in einem eigenartigen Gegensatz zu der stets vernachlässigten, sogar abgerissenen, billigsten Kleidung, die Frau Martha zu tragen pflegte.
Unser Beispiel wirkt, deklamierte sie mit Stärke. Zwingend! Da können Sie sich darauf verlassen! Ich werde nicht umsonst gekämpft haben!
Die Gefühle der Jugend sind wahrscheinlich auch stärker als jedes Beispiel, wagte Herr Viktor zu bedenken.

Pah! sagte Frau Martha wegwerfend. Noch immer stand sie königlich da. Gefühle, bester Viktor! Ein überflüssiger, geradezu schädlicher Luxus! Das waren sie immer schon. Sie führen geradewegs ins Chaos, wie man bereits überall sieht.
Herr Viktor war aus irgendeinem Grund nicht ganz einverstanden.
Meistens schwieg er, wenn Frau Martha ihre Königinnenhaltung eingenommen hatte, jetzt aber sagte er, vielleicht führen die Gefühle auch hie und da – zur Liebe. Er spürte einige Extrasystolen.
Frau Martha aber setzte sich ruckartig wieder hin.
Das Wort „Liebe" haßte sie wie nichts auf der Welt. Sie wußte nicht, warum. Sie erlebte es nur immer wieder. Dieses Wort brachte sie sogar aus ihrer starken, königlichen Haltung, die ihr eigentliches Element war und die ihrer dramatischen Natur entsprang.
Liebe! zischte sie, wenn ich dieses Wort nur höre! Sex, Bett, Pille, Abtreibung – das sind die wahren Worte dafür! Liebe! Sie war verärgert und sagte: Sie sind müde, Viktor. Wenn Sie nicht mehr fernsehen wollen, gehen Sie doch heim und legen Sie sich zur Ruhe.
Das wollte Herr Viktor ohnehin schon die längste Zeit. Deshalb erhob er sich von seinem Sitz und ging zur Tür. Vielleicht ist Jolanthe schon zu Hause, sagte er.
Auch Robert sollte schon zu Hause sein, dachte Frau Martha besorgt. Bald hat er seine letzten Prüfungen. Er ist viel zu häufig unterwegs. Er sieht schlecht aus. Es ist schrecklich, nicht alle seine Schritte lenken zu können. Er sei erwachsen, höre ich immer wieder. Aber, was ist das schon – erwachsen!
Sie begleitete Herrn Viktor zur Tür.
Dort küßte er ihr die Hand, die Frau Martha jedoch rasch wieder zurückzog. Jeden Abend war ihr dieser Handkuß unangenehm. Aber sie wollte ihren Nachbarn nicht kränken, deshalb duldete sie ihn. Kommen Sie morgen abends nur wieder, sagte sie, und öffnete die Tür.
In diesem Augenblick ging draußen Max vorüber. Er war

betrunken. Frau Martha richtete sich auf und fixierte ihn. Guten Abend, sagte sie betont.
Herr Viktor verschwand rasch.
Das Grüßen scheint Ihnen immer noch niemand beigebracht zu haben, sagte Frau Martha zu Max.
Dieser blieb betrunken stehen.
Sie mögen mich so und so nicht, lallte er.
Frau Martha fühlte einen Ekel.
Ist Brav-Robertchen schon hier, fragte Max, sah neugierig bei der Tür herein und rülpste.
Lassen Sie gefälligst meinen Robert in Ruhe, schrie Frau Martha. Er hat Prüfungen vor sich und wird dann heiraten!
Fragt sich nur, wen, sagte Max.
Das werde ich mit Ihnen besprechen, schrie wieder Frau Martha.
Max kicherte: Robert wird sicher Schwierigkeiten haben.
Frau Martha war sich unsicher, inwieweit Max als Nachbar etwas von ihrem Sohn wußte. Die Wände dieser Häuser waren dünn, und Max als sogenannter freischaffender Künstler den ganzen Tag zu Hause. Er konnte viel beobachten.
Verschwinden Sie, sagte sie energisch und wieder etwas königlicher. Was Sie wieder Gemeines sagen wollen, interessiert mich nicht! Bei meinem Sohn ist alles bestens, es war immer alles bestens, es wird auch so bleiben. Dafür sorge ich!
Daraufhin fragte Max, ob sie sein neuestes Lied hören wolle.
Endgültig warf nun Frau Martha die Türe zu, ging in ihr Wohnzimmer und setzte sich nervös hin. Wenn nur ihr Robert endlich heimkäme! In letzter Zeit blieb er immer so lange weg!
Sie wußte, daß er verliebt war. Das machte ihr schwere Sorgen. In eine geschiedene Frau namens Elisabeth! Frau Martha wußte es, obwohl Robert es ihr nie erzählt hatte. In dieser Stadt sprach sich doch alles herum. Und sicher

hatte Max auch schon davon gehört. Eine geschiedene Frau namens Elisabeth mit zwei Kindern! Und eine solche Frau wollte ihren Robert einfangen!
Noch hat sie die Rechnung ohne mich gemacht, sagte Frau Martha laut.
Durch die Wand hörte sie das neueste Lied von Max, deutlich von ihm gesungen:

Ich komme heim
aus den Sümpfen des Lebens,
noch höre ich stöhnen und keuchen,
und fühle die Dämpfe, die warmen –

Frau Martha hielt sich die Ohren zu.
Wenn sie nur Mittel gehabt hätte, diesen Menschen aus ihrer Umgebung zu entfernen!

den Blitz, der mich getroffen,
die Peitsche, die mich geschlagen,
den Schrei, der mich durchzuckt hat.

Frau Martha schaltete den Fernsehapparat ein und drehte ihn laut auf. Undeutlicher klang es durch die Wand:

Ich bin noch im Traum bei den Farben,
und seh euer Licht, es leuchtet,
ich gehe vorbei,
ich gehe heim in mein Dunkel,
und male die Farben des Todes
im Dunkel meines Hauses.
Eure Lichter leuchten,
bei mir ist es still,
ich sehe und höre euch leben.
Geheimnisse eures Lebens,
die ihr nicht wißt,
ich male sie
im Dunkel meiner Nacht.

Nervös sah Frau Martha immer wieder zur Tür hin.

3.

Endlich hörte sie, daß die Eingangstür aufgesperrt wurde, während sie weiter intensiv auf den Fernsehapparat blickte. Endlich auch trat Robert ein und küßte die Mutter zur Begrüßung auf die Stirne. Er war gedankenverloren. Frau Martha bemerkte das sofort. Noch dazu warf er sich erschöpft in den zweiten Fauteuil und starrte wie die Mutter zum Fernsehapparat hin.
Da stand sie auf und drehte ihn ab.
Durch die Wand klang die Stimme von Max:

Ich bin noch im Traum bei den Farben –

Max, sagte Robert aufhorchend. Max, er singt!
Frau Martha tat es leid, den Fernseher abgedreht zu haben. Meide dieses Laster da drüben, sagte sie.
Robert horchte weiter auf die Stimme von Max:

Ich seh euer Licht, es leuchtet,
ich gehe vorbei,
ich gehe heim in mein Dunkel –

Eine eigenartige Stimmung, der sich auch Frau Martha nicht entziehen konnte, breitete sich im Raum aus. Gerade deshalb beobachtete sie genau ihren Sohn.
Ein Störenfried ist das, sagte sie. Er paßt nicht in unser Haus, Robert. Du weißt, Robert, unser Haus ist eine Burg des Anstands und der Gerechtigkeit, der Kraft. Eine Seltenheit heutzutage. So soll es bleiben.
Robert aber horchte weiter auf die Stimme von Max:

Ich male die Farben des Todes
im Dunkel meines Hauses –

Die Worte der Mutter senkten sich wie Blei auf seine Seele. Wie schrecklich war es, im Hause von Gerechten wohnen zu müssen! Von Gerechten, die die Liebe haßten!

Ich sehe und höre
Geheimnisse eures Lebens,
die ihr nicht wißt,
und male sie
im Dunkel meiner Nacht –

Nun riß sich Frau Martha zusammen.
Robert, sagte sie streng. Warst du auf der Post? Hast du alle Erlagscheine aufgegeben? Den Installateur bestellt?
Robert nickte.
Gut, danke, sagte die Mutter im gleichen Tonfall. Mit Vater ist nichts anzufangen. Für ihn existieren nur Akten auf der Welt. Dennoch, Robert, ist unsere Ehe eine gute Ehe. Ich finde in ihr Sicherheit und Geborgenheit. Ich kann mich auf Vater verlassen. Und kommt er noch so spät heim, ich brauche mir nicht die geringsten Sorgen zu machen.
Ein Gefühl seltener Wärme überkam sie.
Eine solche Ehe wünsche ich auch dir, mein Kind, sagte sie.
Dann entstand eine längere Pause.
Nervös fürchtete Frau Martha, wieder die Stimme von Max hören zu müssen. Es war jedoch Stille.
Da fuhr sie fort, in ihrem wärmsten Tonfall zu sprechen.
Robert, sagte sie, könnten wir nicht am Sonntag einen kleinen Spaziergang unternehmen! Und Fräulein Inge dazu einladen?
Robert zuckte zusammen. Sonntag? Inge?
Oder hast du schon anderes vor, fuhr ihn die Mutter an.
Robert schwieg.
Fräulein Inge ist so nett, sagte Frau Martha, so bescheiden, so gut zu uns passend.
Dann geh doch allein mit ihr spazieren, sagte Robert verärgert.
Nun war die Geduld der Mutter am Ende.
Robert, rief sie. Was heißt das! Du weißt genau, daß sie für dich die ideale Partie wäre!
Robert wagte nun zu behaupten, daß er ein erwachsener Mensch sei.
Pah, erwachsen! sagte Frau Martha wie schon oft.
Und Max sang:

> Noch höre ich stöhnen und keuchen
> und fühle die Dämpfe, die warmen,
> den Blitz, der mich getroffen –

Dieses Scheusal bringe ich noch eigenhändig um! schrie die Mutter.
Er singt, er kann singen, horchte Robert.
Inges Vater, fuhr die Mutter nun wieder beherrscht fort, könnte dir bald eine gute Stellung verschaffen. Hier in der Stadt.
Wieder schwieg Robert.
Ich ahne, sagte nun Frau Martha drohend, wer dich hindert, deinen dir vorgegebenen Weg zu gehen! Ich weiß, daß noch immer dieses geschiedene Weibsstück mit ihren beiden Kindern dahintersteckt!
Robert zuckte zusammen.
Geld braucht sie, das ist alles, fuhr die Mutter ungehindert fort. Geld! Für ihre beiden Kinder! Das ist alles! Das ist die Liebe! Glaube mir! Wenn ich nur dieses Weibsstück aus der Stadt entfernen könnte! Sterben soll sie!
Sie hat schon großes Leid erfahren, sagte nun Robert leise. Und du hast sie dir noch gar nicht angesehen, Mutter.
Frau Martha erhob die Hände zum Himmel.
Leid erfahren, ahmte sie ihren Sohn nach. Lächerlich! Dieses Weibsstück wird dieses Haus niemals betreten, das schwöre ich dir! Dafür habe ich nicht gekämpft und dich studieren lassen, daß du zwei fremde Kinder aushältst!
Ich – liebe sie, Mutter, sagte Robert leise.
Liebe! schrie die Mutter. Wenn ich dieses Wort nur höre! Ein Verhältnis hast du mit ihr! Das ist alles! Schäme dich! Bettgeschichten! Unwürdig unseres Hauses!
Mutter, sagte Robert flehend, diese Frau braucht mich. Ich liebe sie.
Die Mutter war klug. Sie sah, daß mit Strenge nichts auszurichten war.
Robertchen, sagte sie eindringlich. Denke doch nach! Willst du deine Mutter wirklich so kränken? Unser Haus ist ein Haus der Ordnung. Du bist ein Mensch der Ordnung. Jedes Abweichen bringt uns Unglück, anderen

vielleicht nicht. Bald wird es nur mehr chaotische Menschen geben. Wir müssen fest bleiben!
Hilfe, schrie etwas in Robert.
Weiter sprach die Mutter.
Die Liebe vergeht, Robert. Die zwei Kinder bleiben, die dir dann stets auf die Nerven gehen, Geld kosten, zum leiblichen Vater wollen. Du bist doch all dem nicht gewachsen. Du liebst deine Arbeit, deine Bücher, deine Ordnung.
Das stimmt, mußte Robert zugeben. Aber ich liebe sie eben! Und er vergrub den Kopf in beide Hände.
Bettgeschichten, sagte die Mutter wegwerfend.
Nein! schrie Robert.
Königlich erhob sich die Mutter und sagte: Es sind Bettgeschichten. Ich sage, es sind Bettgeschichten! Ich kenne das!
Da stand auch Robert auf. Schweiß stand ihm auf der Stirne. Ich gehe, Mutter, sagte er. Zu Elisabeth. Diese Freiheit gehört zu meinen Menschenrechten.
Die Mutter versuchte, sich ihm in den Weg zu stellen, er aber schob sie weg, ging zur Tür hinaus und warf sie zu.
Starr stand die Mutter.
Durch die Wand klang die Stimme von Max:

> Eure Lichter leuchten,
> bei mir ist es still,
> ich sehe und höre Geheimnisse,
> Geheimnisse eures Lebens,
> die ihr nicht wißt,
> ich male sie
> im Dunkel meiner Nacht –

4.

Noch lange stand Frau Martha starr in der Mitte des Wohnzimmers. Diese Schlacht hatte sie verloren. Das war schwer zu verkraften.
Plötzlich läutete es draußen an der Tür.
Die Mutter erwachte aus ihrer Erstarrung und öffnete. Es war Herr Viktor, der aufgeregt und zugleich erschöpft hereingelaufen kam und sich sofort auf einen der Fauteuils niederließ.
Ich mußte Sie nochmals aufsuchen, liebste, beste Freundin und Nachbarin, keuchte er, da er nach Luft rang. Sie können mir vielleicht raten, Sie sind stark und weise.
Frau Martha haßte in diesem Moment wieder alle Schwächlinge, sich selbst nicht ausgenommen. Denn sie hatte eine Schlacht verloren.
Bitte, sagte sie, noch immer erstarrt.
Jolanthe, Jolanthe war eben nach Hause gekommen, stöhnte Herr Viktor. Jolanthe! Er schüttelte verzweifelt den Kopf.
Nun – ist alles in Ordnung? fragte Frau Martha abwesend.
In Ordnung! stöhnte Herr Viktor. In Ordnung! Ha! Ins Ausland will sie! Mit einem Mann! Und was glauben Sie, mit wem?
Nun horchte die Mutter auf.
Mit Robert? fragte sie sofort. Nein – die beiden sind wie Geschwister. Doch nicht mit Max?
Das wäre noch eine Glückspartie, rief Herr Viktor. Nein! Nein! Er konnte nur immer wieder den Kopf schütteln, zugleich griff er sich mit einem schmerzvollen Ausdruck in seinem Gesicht an sein Herz. Ob ich das überlebe!
Nun war die Mutter endgültig aufmerksam geworden und setzte sich neben ihn.
Erzählen Sie doch, sagte sie.
Da schilderte Herr Viktor mit sich überstürzenden und zugleich stockenden Worten, daß Jolanthe schon seit

langem einen gewissen Arzt Dr. Konrad liebe, der wegen Morphiumsucht und daraus folgenden Kunstfehlern fast sein Doktorat eingebüßt hätte. Auf jeden Fall hatte er seine Stellung verloren und war längere Zeit in einer Entwöhnungsanstalt gewesen. Nun war er entlassen und in seiner Heimatstadt mißachtet. Deshalb wollte er ins Ausland gehen, sich dort eine neue Existenz aufbauen, und Jolanthe wollte mit ihm gehen und ihm dabei helfen. Außerdem war dieser Mann schwer zuckerkrank, mußte sich regelmäßig Insulin spritzen, würde aber oft ohnmächtig deswegen.
Und Jolanthe, Jolanthe, schrie Herr Viktor, will diese verkrachte Existenz wie einen Rucksack auf ihren Rücken laden und ins Ausland wandern! Und vor allem mich, ihren einsamen, kranken Vater, verlassen! Helfen Sie mir, helfen Sie mir, beste Freundin!
Die Mutter hatte aufmerksam zugehört.
Hier spielen sich ja schreckliche Dinge ab, sagte nun sie aufgeregt. Hinter dem Rücken ahnungsloser Eltern! Bekommt sie vielleicht ein Kind?
Nein, nein, schüttelte Herr Viktor den Kopf. Das ist es nicht.
Nur die Liebe, die Liebe, die furchtbare Liebe!
Haßerfüllt sagte die Mutter: Wenn ich dieses Wort nur höre!
Herr Viktor rückte näher: Was raten Sie mir, beste Freundin?
Verhindern, verhindern! rief die Mutter, nun in ihr Element gekommen. Das Ganze verhindern! Das muß sich doch machen lassen! Jolanthe hängt sehr an Ihnen. Sie weiß, daß Sie krank, sehr krank sind. Daß dies alles Ihren Tod bedeuten würde.
Ja, das würde es wohl, stimmte Herr Viktor zu.
Alles läßt sich verhindern, sagte die Mutter mit Sicherheit. Glauben Sie mir. Nur kämpfen, kämpfen! Mit allen Mitteln. Man kann doch die eigenen, einzigen Kinder nicht ins Unglück laufen lassen!
Da haben Sie recht, murmelte Herr Viktor.

Gesteigerter rief nun die Mutter: Kampf bis aufs Blut! Bis aufs Blut!
So arg wird es doch nicht werden, sagte Herr Viktor erschrocken.
Es wird! Es wird! rief Frau Martha prophetisch. Glauben Sie mir, es wird!
Herr Viktor griff sich ans Herz: Wie werde ich das überleben? Ach, ich bin ohne Jolanthe so allein! Jolanthe, mein Kind, mein Engel!
Königlich saß Frau Martha da. Sie fühlte, wie sie alle Schwächlinge haßte. Sie selbst fühlte sich plötzlich unerwartet stark.
Noch nie habe ich solche Kräfte, solchen Kampfeswillen gefühlt, sagte sie. Stehen Sie auf, mein Bester! Nicht zusammensacken! Es ist unsere Pflicht, zu kämpfen! Und wir werden die Kraft dazu erhalten, glauben Sie mir!
Bewundernd blickte Herr Viktor zu ihr auf.
Mit dieser Zeit nehme ich es noch auf, fuhr Frau Martha im selben Tonfall fort. Soll sie noch so chaotisch sein – ich nehme es auf mit ihr!
Dramatisch blickte sie in die Ferne. Kurze Stille trat ein. Vor der Tür hörte man Max betrunken lallen. Herr Viktor schreckte etwas zusammen. Frau Martha saß regungslos königlich.
Wieder blickte Herr Viktor bewundernd zu ihr hin.
Ich fühle mich hier wieder sicherer, hoffnungsvoller, stärker, sagte er und erhob sich. Ich danke Ihnen. Ich gehe wieder.
Ein Schlafmittel wird mir jetzt guttun.
Kopfschüttelnd wankte er zur Tür.
Mein armes Kind, murmelte er. Was geschieht mit dir, mit deinem Leben, mit deinem Geschick? Erkenne ich es richtig?
Als er die Tür geöffnet hatte, stand Max vor ihm im Dunkel der Nacht.
Nachbarin, bat er. Hätten Sie ein Kopfwehpulver? Ich habe furchtbare Kopfschmerzen. Das Malen will mir nicht so recht von der Hand gehen.

Hinaus! schrie Frau Martha und erhob sich. Hinaus! Diese Kopfschmerzen sollen Ihnen die richtige Lehre sein! Wer sauft, hat Kopfschmerzen. Eine einfache Logik. Und wer den Dreck liebt, wird auch im Dreck sterben.
Max trat etwas näher in die Tür: Ist Brav-Robertchen hier?
Hinaus! schrie wieder die Mutter.
Ich gehe schon, sagte Max und wankte betrunken fort. Ich bin noch im Traum bei den Farben – – – ich seh euer Licht, es leuchtet – – – ich gehe vorbei – – – zu den Farben des Todes – – –
Seine Stimme verklang in der Nacht.
Dieses Scheusal weiß so manches, dachte die Mutter. Sie trat etwas in die Tür, um Viktor nachzusehen.
Kein Mitleid! Keine Furcht! ermunterte sie ihn. Schwächlinge sind überall. Wir werden es nicht sein.
Noch einmal wandte sich Herr Viktor zu ihr um: Was wissen wir von unseren Kindern? Ihrer – Liebe?
Schmerzvoll klang seine Frage.
Aufrecht stand die Mutter.
Dieses Wort hasse ich, mein Freund, das wissen Sie. Mit keinem wurde schon so viel Mißbrauch getrieben. Geprüft, geschmiedet, gekeltert soll es werden! Bettgeschichten sind das! Wir werden schon sehen, was sie aushalten, diese Bettgeschichten! Halten Sie sich nur an mich an!
Schweigend und mit gesenktem Kopf nahm Herr Viktor weiter den Weg zu seinem Hause auf.

5.

Nun mußte er mit seiner Tochter sprechen. Ihm war, als könnte er es nicht. Doch noch hallten ihm die betonten Worte seiner Nachbarin im Ohr. Nein, er wollte kein Schwächling sein!
Jolanthe wartete schon auf ihn. Väterchen, sagte sie.
Er setzte sich neben sie.
Väterchen, sagte sie nochmals, ich bin glücklich.
Wie lange wirst du es sein, fragte der Vater.
Ich liebe, Vater.
Gequält schrie Herr Viktor auf: Mitleid, schwächliches Mitleid hast du mit diesem Menschen! Das ist alles!
Jolanthe sah die Qual ihres Vaters, die auch ihre Qual war. Aber sie sagte, nein, ich liebe, Vater – leider! Laß mich gehen, Vater!
Aber doch nicht mit diesem verkommenen Menschen, schrie der Vater auf. In irgendein verkommenes Nest in ein fremdes Land! Noch dazu ist dieser Dr. Konrad ein bekannt unbeliebter, bösartiger Mensch, aggressiv –
Aber nein, Väterchen, versuchte ihn Jolanthe zu trösten. Die Menschen haben ihn dazu gemacht.
Der Vater fühlte immer mehr seine Ohnmacht. Was konnte er noch als Gegenargument vorbringen?
Wenn du mich liebst, sagte er plötzlich, bleibst du hier. Denn du weißt, ich bin sterbenskrank.
Jolanthe war verletzt und enttäuscht. Wirst du gesünder, Vater, wenn ich hierbleibe?
Erstaunt sah sie der Vater an. Ein harter Ton hatte in ihren Worten mitgeklungen.
Gesünder werde ich nicht, rief er. Aber ich sterbe auch nicht aus Kränkung!
Jolanthe schwieg eine Weile. Du siehst alles viel zu tragisch, Vater, sagte sie. Ich kann ja jederzeit herkommen.
Ja, zu meinem Begräbnis, gab er verbittert zurück.
Nun erpreßt er mich, dachte Jolanthe verletzt. Das hätte ich mir nicht von ihm gedacht.

Du darfst doch nicht verzweifeln, nur weil dein Kind seinen eigenen Weg geht, sagte sie.
Woher weißt du deinen Weg, gab er zurück. Es gibt viele Wege.
Wenn man liebt, nicht, antwortete Jolanthe.
Herr Viktor rang die Hände: Wer gibt mir nun die richtigen Worte ein? Nachbarin, wo sind Sie!
Nachbarin, rief Jolanthe nun schnippisch. Unsere liebe Nachbarin ist eine hysterische, frustrierte Frau. Ich kenne genug solche Typen. Dieses gesteigert Mütterliche hat bereits etwas Bedrohliches. Robert ist nicht zu beneiden. Er wird nie eigene Wege gehen können.
Wieder schwieg Jolanthe eine Weile.
Vater, sagte sie, nach Worten suchend. Dr. Konrad will sein Leben von vorne beginnen. Aber hier läßt man ihn nicht mehr aufkommen. Hier ist er erledigt.
Wieder einmal hörte man den betrunkenen Max an der Tür: Ich bin noch im Traum bei den Farben – war zu hören.
Das ist auch so eine verkommene Gestalt, schrie nun der Vater seine Tochter an.
Jolanthe öffnete die Tür, erleichtert über diese Unterbrechung.
Hast du Kaffee, Jolanthe, fragte Max. Ich habe Kopfschmerzen.
Zögernd meinte Jolanthe, daß er zwar im Moment sehr ungelegen käme, dachte aber, ich gehe mit Max in die Küche. Er soll mich auf andere Gedanken bringen. Seine Gesänge sind mir lieber als diese endlose, hochgespielte Dramatik.
Lege dich doch nieder, Väterchen, sagte sie. Nimm deine Schlaf- und Herztabletten und lege dich nieder. Morgen sieht alles wieder anders aus.
Der Vater fühlte, daß Jolanthe diese Worte nicht ganz ehrlich meinte, trotzdem taten sie ihm gut. Er legte sich auf den Diwan.
Jolanthe verschwand mit Max in der Küche.
Etwas Frieden breitete sich im Raum aus.

6.

Leider war die ruhige, friedliche Stimmung nur von sehr kurzer Dauer. Denn in lauter Auseinandersetzung hörte man Frau Martha und Robert sich der Tür nähern. Heftigst wurde geläutet. Herr Viktor schreckte auf. Jolanthe und Max kamen aus der Küche, Max hatte seine Kaffeetasse in der Hand.
Jolanthe öffnete.
Frau Martha fegte mit wehendem Schlafrock herein, gefolgt von Robert, dem wieder der Schweiß auf der blassen Stirne stand.
Viktor, rief Frau Martha, dramatisch mitten im Zimmer stehend. Herr Viktor lag noch auf dem Diwan, Robert blieb im Hintergrund in der Nähe der Eingangstür.
Viktor, rief Frau Martha nochmals. Jetzt müssen Sie ein Schiedsrichter, ein Vater sein. Mit meinem Mann ist ja nichts anzufangen. Er hockt über seinen Akten.
Mutter! rief Robert aus dem Hintergrund. Das alles lasse ich mir nicht bieten. Das alles geht unsere Nachbarn nichts an. Ich bin erwachsen und habe meine Menschenrechte, die mir jedoch in unserem Haus genommen werden.
Herr Viktor hob müde den Kopf.
Ich habe selbst einige Aufregungen hinter mir, ich werde Ihnen nicht helfen können, liebe Freundin, sagte er. Ich hoffte, Sie würden mich stärken können. Ich bin am Ende.
Ich noch lange nicht, rief Frau Martha.
Und nun erzählte sie allen Zuhörenden, daß sich ihr Robert eben mit seiner geschiedenen Freundin – nachts! – in sein Zimmer hätte schleichen wollen.
Nun, ich habe das Pärchen abgefangen, endete sie. Und ich habe die reizende Freundin kurzerhand hinausgeschmissen. Es war gar nicht schwer. Sie hat gar nicht viel Widerstand geleistet.
Jolanthe setzte sich schweigend auf einen Sessel, um die Mutter zu beobachten.

Dazu hattest du kein Recht, Mutter, hörte man Robert, peinlich berührt, sprechen. Wie gesagt, es gibt Menschenrechte.
Es ist mein Haus, sagte die Mutter.
Und mein Zimmer, sagte Robert. Habe ich ein eigenes Zimmer oder nicht. Bin ich erwachsen oder nicht.
Du weißt, sagte Frau Martha, daß ich Bettgeschichten in unserem Hause nicht dulde.
Dann ziehe ich eben aus, sagte Robert.
Frau Martha war plötzlich aufmerksam geworden.
Vielleicht zu ihr, fragte sie in ruhigerem Ton.
Sicher, sagte Robert.
Die Mutter lachte übertrieben: Da würdest du wohl dein Studium nicht vollenden.
Ich werde, sagte Robert.
Laut lachte die Mutter. Es war ein furchtbares Lachen.
Jolanthe, meine Herztabletten! rief Herr Viktor.
Jolanthe stand ruhig auf, um aus einer Lade Medikamente zu holen und sie ihrem Vater zu geben.
Nebenbei sagte sie: Frau Martha, am besten ist, Sie gehen wieder und erledigen Ihre Familienangelegenheiten in Ihrem Haus. Meinem Vater geht es nicht gut.
Ha! sagte Frau Martha, das ist aber sicher nicht allein meine Schuld.
Gehen Sie, sagte Jolanthe.
Nun setzte sich Frau Martha nieder. Das soll mir erst dein Vater sagen, dann gehe ich.
Still wollte Robert sich zur Tür hinausschleichen.
Du bleibst, sagte Frau Martha.
Robert blieb stehen.
So geh doch, wenn du willst, sagte Jolanthe zu Robert.
Nun mischte sich der Vater ein. Er richtet sich auf.
Jolanthe, wies er seine Tochter zurecht.
Und Frau Martha fragte er, was er für sie tun könne.
Meinen Sohn zur Vernunft bringen, sagte diese.
Ich ringe, sagte Herr Viktor, ehrlich gesagt selbst nach Vernunft derzeit. Und nach Kraft.
Ich sehe schon, daß ich von lauter Schwächlingen

umgeben bin, sagte Frau Martha. Eine drohende Falte ballte sich auf ihrer Stirn. Jolanthe ärgerte sich.
Sie halten sich wohl für die Stärke in Person, fragte sie.
Jolanthe, wies sie wieder ihr Vater zurecht.
Nun hielt es Robert nicht mehr aus. Ich gehe, sagte er. Fort. Zu Elisabeth.
Du bleibst, sagte Frau Martha.
Nein, Mutter, sagte Robert tonlos, ich ertrage das alles nicht mehr.
Er hatte die drohende Falte auf der Stirn seiner Mutter gesehen. Eine Explosion bereitete sich vor, das wußte er. Aber wie gelähmt stand er bei der Eingangstür.
Alle schwiegen.
Es war schrecklich. Max kicherte.
Plötzlich begann Frau Martha zu schreien. Sie schrie zuerst leise, dann immer intensiver und durchdringender, sie weinte, sie schluchzte, sie stampfte. Plötzlich warf sie sich auf den Boden, trommelte mit den Fäusten auf ihn nieder, schrie und schluchzte und weinte. Schließlich lag sie starr da, röchelte, rang nach Atem. Ich sterbe! röchelte sie. Luft! Luft! Robert, komm zu mir! Ich sterbe!
Robert stürzte aufschluchzend auf die Mutter zu und kniete neben ihr nieder. Mutter! Nicht sterben! Ich bin da! Nicht sterben! Mutter, höre auf! Ich tue alles, was du willst! Angstvoll beobachtete er sie. Wieder kicherte Max.
Jolanthe aber stand gelassen auf, holte ein Gefäß mit Wasser und schüttete es über die Mutter.
So wird Ihnen am ehesten geholfen werden, sagte sie. Ein typisch hysterischer Anfall.
Da entriß ihr Robert das Wasser. Laß meine Mutter in Ruhe, sie ist krank, schrie er sie an. Komm Mutter, gehen wir hinüber, dir geht es schon wieder besser. Rege dich nicht mehr auf. Ich verlasse dich nicht. Es soll alles sein, wie du willst. Das ist mein Weg.
Etwas benommen und langsam richtete sich Frau Martha auf. Ihr war, als träumte sie. Plötzlich war sie

wieder ganz ruhig. Ich bin hier anscheinend von lauter Schwächlingen umgeben, sagte sie. Gut, gehen wir. Gehen wir heim, Robert.
Und beide verließen vereint das Haus.

7.

Eine Weile herrschte beklommenes Schweigen.
Furchtbar, dachte Herr Viktor.
Krankheit und Tod sind wahrhaftig sichere Erpressungsmittel, dachte Jolanthe. Aber plötzlich weiß man mit Bestimmtheit, was man zu tun hat.
Es war beklemmend, furchtbar, sagte nun Herr Viktor laut.
Der heutige Tag war viel für dich, Vater, sagte Jolanthe ruhig. Ja, es war ein Alptraum.
Herr Viktor legte sich wieder auf den Diwan. Ihm war totenübel.
Jolanthe, nimm dir ein Beispiel an Robert, sagte er.
Jolanthe zuckte zusammen. Ist das dein Ernst, Vater?
Sieh, er hat verzichtet, sagte Herr Viktor.
Jolanthe verstand nicht. Verzichtet? fragte sie.
Sie schüttelte den Kopf. Das ist wahre Schuld, sagte sie.
Wieder stand Schweigen im Raum.
Ja, Vater, sagte Jolanthe schließlich. Ich weiß, was du meinst. Aber du weißt nicht, was ich meine. Das ist die Tragik. Unsere Frau Nachbarin versteht die Dinge besser, aber du verstehst nichts. Du bist wirklich unschuldig. Das ist die Tragik. Ich habe alles versucht, um mich verständlich zu machen.
Der Vater hatte den Kampf aufgegeben. Das alles war ihm zu viel gewesen.
Ich verstehe nichts mehr, murmelte er. Ich bin zu alt und zu krank. Ich will nur mehr sterben.
Vater, sagte Jolanthe, du bist weder alt, noch hast du ein Recht, sterben zu wollen, nur weil deine Tochter ihren Aufgaben nachgeht.

Ich mag nicht mehr, sagte Herr Viktor, sich auf den Boden fallen lassend.
Jolanthe kniete sich neben ihn.
Väterchen, sagte sie.
Bleibe, oder ich sterbe, murmelte der Vater.
Jolanthe senkte den Kopf. Lange blieb sie so knien. Oder schien es nur so lange. Schließlich öffnete sie, in dieser Haltung verharrend, den Mund, um zu sagen: Dann stirb, wenn du glaubst, deshalb sterben zu müssen.
Max, der noch immer vor der Küchentür stand, ließ die Kaffeetasse fallen.

INTERMEZZO

Jolanthe war nach fünf Jahren aus dem Ausland in die Heimat zurückgekehrt, da Dr. Konrad durch einen Autounfall gestorben war. Eine plötzliche Hypoglykämie hatte ihn beim Fahren ohnmächtig werden lassen. Jolanthe war nicht dabei gewesen. Sein Begräbnis hätte die Stunde ihres Heimgangs zu ihrem Vater einleiten sollen, denn großes Heimweh hatte sie ergriffen. Was mußte sie jedoch bis dahin noch durchmachen!

Eine schwere seelische Krise, die auf der Psychiatrie endete. Eine Unterleibsoperation mit Krebsverdacht.

Jolanthe war schwächer an Leib und Seele geworden, denn mehrere Male hatte sie dem Tod ins Auge sehen müssen. Doch aus ihrem Erleben von Nacht und Chaos hatte sie zuletzt in ihrem Innern einen herrlichen, lichten, großen Tod formen können.

Während ihrer Heimfahrt fühlte sie, daß sie ein anderer Mensch als früher geworden war.

Tod und Wiedergeburt waren nicht nur Worte. Doch beide zogen sich oft lang dahin. Oft zu lange für eine einzige Lebenszeit.

Als Jolanthe heimgekehrt war, traf sie ihren Vater zu ihrer größten Überraschung gesünder und jünger als je zuvor, gemütlich sein Leben dahinlebend. Es war, als sei er von einem ursprünglich kranken, abhängigen Kind zu einem gesunden Erwachsenen geworden. Jolanthe freute sich, noch mehr wunderte sie sich darüber. Eine noch größere Überraschung war ihr die Tatsache, daß sich niemand, auch ihr Vater nicht, für ihr Schicksal in den letzten fünf Jahren wirklich interessierte.

Jolanthe schwieg.

Aber wie ein Stein lastete ihr dieses Schweigen auf der Seele. Wie oft hatte sie sich nach Hause, nach ihrem Vater gesehnt! Denn die Bürde war ihr oft zu schwer gewesen. Und nun fand sie, heimgekehrt von ihrem ihr aufgelasteten, höheren Auftrag, keinen Menschen vor,

der sich wirklich für sie interessierte. Anscheinend war sie für alle gestorben.
Sie hatte Dr. Konrad durch seine psychischen Abnormitäten und Selbstzweifel hindurchbringen müssen. Oft hatte er sie geschlagen, oft angespuckt. Dann wieder war er vor ihr gekniet. Sie war es, die für beide Geld verdient hatte, bis er so gesundet war, daß er eine Arztstelle zufriedenstellend ausfüllen konnte.
Dann war der Unfall gekommen.
Dann waren seine letzten Worte gekommen: Dir habe ich zu verdanken, daß ich nicht verkommen bin, sondern sterben darf. Ich sehe Licht. Die Nacht ist vorbei.
Als Jolanthe heimkam, klangen ihr immer wieder diese letzten Worte im Ohr.
Sie also waren die Frucht ihres Opferganges gewesen! Ein Mensch war in das Licht hineingestorben und nicht irgendwie verkommen!
Allein mit diesen Gedanken und Gefühlen saß Jolanthe in ihrem Zimmer.

II. DIE VERACHTUNG

1.

Robert, schon einige Jahre mit Inge verheiratet, ging unruhig im Wohnzimmer seines Hauses auf und ab. Diese seltsame Unruhe bestand nun schon längere Zeit in ihm, und er brachte sie in erster Linie mit seiner Frau Inge in Zusammenhang.
Inge bleibt oft ganze Nachmittage weg, murmelte er während des Auf- und Abgehens. Manchmal weint sie. Manchmal schreit sie sogar im Schlaf auf.
Kurz blieb er stehen.
Plötzlich schrie er unkontrolliert auf: Inge schreit im Schlaf! Das macht mir Sorgen!
Nach einem tiefen Seufzer, in den sein Aufschrei ausklang, ging er zum Schrank, um sich ein großes Glas Wein einzugießen.
Nach außen hin sieht bei uns alles so wunderbar aus, sagte er halblaut und dabei kräftig trinkend. Wir sind angesehen, auch Inge erfreut sich an ihrem Stand und ihrem Ansehen, das weiß ich.
Wieder nahm er kräftige Züge Weins zu sich.
Meine berufliche Situation hat sich, sinnierte er weiter, durch meines Schwiegervaters Einfluß rasch verbessert. Bald werde ich Oberlandesgerichtsrat sein.
Wieder trank er kräftige Züge aus dem Glas.
Ein Kind fehlt ihr, seufzte er dann. Mir natürlich auch. Das müßte doch auch noch zu machen sein. In geordneten Verhältnissen muß es schließlich doch klappen! Hier wären sozusagen ideale Zustände für ein Kind – zu entstehen, zu wachsen und stark zu werden. Ausgesprochen geordnete Verhältnisse! Wenn ich dabei an Elisabeth denke!
Immer zügiger trank er, immer rascher ging sein Schritt auf und ab.
Oh, Elisabeth!
Plötzlich blieb er stehen.
Ich muß doch, seufzte er, in die nahegelegene Hauptstadt fahren und dort einen Arzt aufsuchen! Hier meine

Probleme – Gott behüte! – vielleicht unserem guten Dr. Gaßmann mitzuteilen, das wäre wohl glatter Selbstmord! Am nächsten Tag wüßten es die Spatzen am Dach, daß ich . . .
Er räusperte sich.
Nun, fuhr er fort, mir wird geholfen werden können, davon bin ich überzeugt.
Ein Geräusch von draußen ließ ihn aufhorchen.
Da kommt Max, sagte er schon etwas betrunken, dieses Scheusal! Bald hat er das Haus seiner Mutter versoffen und verhurt, in Orgien und Rauschgift gesteckt. Jubeln werde ich, wenn dieses Nachbarhaus endlich wieder in ehrbare Hände kommt.
Wieder schenkte er sich ein Glas voll und seufzte.
Nun klang das Singen und Vorbeigehen von Max deutlich zu ihm herein. Betroffen blieb Robert stehen und nahm einen kräftigen Zug aus dem Weinglas. Er zitterte ein wenig. Leise klang das alte Lied von Max zu ihm:

> Ich komme heim
> aus den Sümpfen des Lebens,
> und seh euer Licht, es leuchtet –
> bei mir nicht mehr.
> Oh, Abgrund, süßeste Wonne!
> Äh, ist mir mies!

Nun klopfte er bei dem horchenden Robert an die Tür: Robertchen, hast du Kaffee? Ich habe Kopfschmerzen!
Die Betroffenheit Roberts wich.
Verschwinde, Scheusal! rief er durch die verschlossene Tür. Und laß gefälligst Inge in Ruhe!
Max sang weiter.

> Ich bin noch im Traum bei den Farben,
> und sah sie gehen und weinen,
> ich sah sie weinen am Morgen,
> oh süßester Abgrund!
> Robertchen – einen Kaffee!

Wie angewurzelt war Robert während des Liedes im Zimmer stehengeblieben.

Diese Schlange! Dieses Scheusal! zischte er. Ich wette, er weiß so manches über meine Ehe.
Er horchte.
Nun ist er weg, sagte er.
Weg ist er! Oh, Inge, Inge! Habe noch ein wenig Geduld mit mir! Ich bringe alles in Ordnung! Alles wird bestens werden! Verzweifelt barg er sein Gesicht in beiden Händen.
Wie könnte es anders sein, als daß alles bestens wird? Das Gefühl der Pflicht meinen Aufgaben gegenüber wird mich stärken, wird alles gut werden lassen. Oh, Inge, Inge! Noch ein wenig Geduld!
Nun drang die Stimme von Max wieder leise aus dem Nachbarhaus durch die Wand.

> Ich sah sie gehen und weinen,
> oh süßester Abgrund!
> Süßester Abgrund!

Wieder blieb Robert mit dem Glas Wein in der Hand horchend im Wohnzimmer stehen. Sein Zittern hatte sich verstärkt. Bald wird er hinfallen und schlafen und endlich Ruhe geben, sagte er sich. Dann werde ich aufatmen! Wenn nur endlich sein Haus gepfändet würde!
Kräftig schenkte sich Robert wieder Wein nach.
Nun, sagte er, im Grunde habe ich Mittel in der Hand, das zu beschleunigen. Wenn er weiter in dieser Art ein Störenfried ist, werde ich es tun. Ich lasse mir nicht mein Ehe- und Familienleben durch ihn zerstören. Ich fürchte ja geradezu schon diesen Menschen!
Wieder horchte er.
War das Inge? fragte er sich gebannt. Nein! Wo ist sie nur? Manchmal fürchte ich, sie betrügt mich.
Tief erschrocken über seine eigenen Worte setzte er sich hin.
Um Gottes Willen, murmelte er. Nein, das gibt es doch bei uns nicht! In unserem Hause nicht! Ihre Ordnung setzt sie nicht aufs Spiel. Insofern hatte Mutter ja recht, daß ein solcher Mensch mehr Sicherheit bietet als eine Elisabeth. Ich kann mich auf Inge verlassen. Oh,

Elisabeth! Elisabeth! Du mit deinen zwei Kindern! Geschiedene, leichtfertige Frau! Du mit deinen zwei schrecklichen Kindern!
Nun trank Robert in vollen Zügen.
Nächte, Liebe, Innigkeit, Zärtlichkeit – alles verboten in diesem Hause, hörte er sich murmeln.
Wieder erschrak er zutiefst über sich selbst.
Nein, nein – das ist vorbei! sagte er. Vorbei ihr Gedanken, Erinnerungen! Die Kinder schliefen daneben und hörten uns nicht. Irgendwie liebten sie mich, hingen an mir. Warum, weiß ich nicht. Im Grunde konnte ich mit ihnen gar nicht umgehen. Das waren Verhältnisse! Ungeordnet und voller Schönheit. Voller Leben, Wahrheit und vor allem – Liebe!
Entsetzt sprang Robert auf. Hastig ging er nun im Zimmer auf und ab.
Was habe ich heute, schrie er. Was ist in mich gefahren! Was heißt Liebe! Verbotene Gedanken! Wie hatte Mutter doch recht, daß ich zu den alten, geordneten Verhältnissen zurückkehren sollte. Was hätte ich mit einer Elisabeth auf mich geladen! Denn ich habe gehört – und es ist ja furchtbar –, daß sie nun Brustkrebs haben soll. Was wird nun aus den Kindern? Nun, der geschiedene Gatte soll sorgen! Wäre er geblieben. Man muß eben durchhalten können. Ordnungen wirft man nicht ungestraft um! Mutter hatte recht. Freilich, die Gefühle, die Psyche des Menschen – sie kommen dabei zu kurz. Aber dafür hat man die größte Sicherheit. Niemand kann einem etwas vorwerfen. Alles läuft ruhig ab.
Durch das immer hastigere Trinken und das immer raschere Auf- und Abgehen trat ihm der Schweiß auf die Stirne. Ein leichter Schwindel stellte sich ein.
Ja, ja, murmelte er, wenn das Leben in geordneten Bahnen abläuft, können sämtliche Kräfte für Nützliches freiwerden. Aber wofür werden sie eigentlich in meinem Fall frei?
Wofür? Und manchmal habe ich das Gefühl, als hätte ich gar keine lebendigen Kräfte mehr in mir.

Er trank unentwegt weiter.
Im Grund hätte ich Elisabeth aus dem Dreck ziehen können, sagte er lallend. Sie hätte nochmals eine Chance gehabt.
Aber er schüttelte den Kopf.
Was habe ich heute nur? Welche Gedanken? Nein und nochmals nein! Ich hätte ihr die Chance genommen, ihre alte Ehe doch noch um der Ordnung willen retten zu können. Außerdem wäre unsere Verbindung niemals durchzubringen gewesen. Es wäre in diesem Hause eine Absurdität, ein Selbstmord gewesen. Oh, Elisabeth! Warum hattest du mir begegnen müssen? Besser wäre es für mich gewesen, ich hätte dich nie gekannt. Oh, hätte ich niemals, niemals, den Fuß neben die Ordnung gesetzt! Es muß eben Menschen der Ordnung geben als feste Pfeiler der Gesellschaft, unbeugsam, ein starker Halt. Das ist ihre Aufgabe. Und andere können sich auf sie stützen. Ja, so soll es sein. Mutter, du hattest recht!
Robert war nun völlig betrunken. Es tat ihm wohl, seine Gedanken und Worte waren ihm nicht mehr ganz bewußt. Bewußtlosigkeit – das war seine große Sehnsucht. Seine Probleme waren ihm zu schwer, zu belastend. Und vor allem wußte er nicht die Ursache seiner Probleme. Aber alles mußte doch eine Ursache haben. Und in diesem angetrunkenen Zustand war ihm, als hätte er keine Probleme.
Nur eine kurze Zeit war ihm vergönnt.
Denn seine Frau Inge kam mit Paketen in der Hand bei der Tür herein und warf sich erschöpft auf einen Sessel.
Nun habe ich herrliche Sachen eingekauft, schwärmte sie.
Willst du sie sehen, Robert? In diesem neuen Kleid werde ich eine Stadtschönheit sein.
Robert jedoch, angetrunken und problemlos, versuchte sie zu küssen.
Auch so gefällst du mir, Inge, drängte er sich an sie.
Inge wehrte ihn freundlich, aber entschieden, ab.
Laß mich, sagte sie ablehnend. Du hast getrunken.

Ein wenig, lallte Robert, und drückte sie an sich. Gehen wir hinauf, Inge, ins Schlafzimmer. Mutter ist nicht hier. Jetzt wäre es herrlich. Ich fühle mich so wohl.
Inge wehrte ihn wieder ab.
Sie wird aber gleich hier sein, antwortete sie schnippisch, war dann aber wieder sanft und traurig.
Dafür wäre die Nacht da, Robert. In diesem Hause.
Bedrückt wandte sie sich ab.
Außerdem, sagte sie, muß ich Abendessen kochen, sonst kommt mir wieder deine Mutter zuvor. Heute kommen ja unsere Nachbarn auf Besuch. Jolanthe und ihr Vater.
Und entschiedenen Schrittes ging sie in die Küche.
Verzweifelt streckte ihr Robert die Hände nach.
Inge, rief er. Wir haben noch Zeit! Und die Nacht ist noch weit! Inge!
Plötzlich horchte er.
Mutter kommt, schreckte er zusammen. Alles vorbei!
Rasch setzte er sich nieder, öffnete ein Schriftstück, und tat so, als läse er.

2.

Tatsächlich öffnete sich die Tür und königlich wie eh und je trat die Mutter ein. Sie war älter geworden, hatte aber nichts von ihrer Haltung verloren. Nur zwei senkrechte, tiefe Stirnfalten zeugten von verborgenen, unbewußten, tiefen Bedrängnissen.
Guten Abend, Robert, sagte sie. Immer, immer fleißig! Arbeite jedoch nicht zu viel! Spanne aus!
Robert hob mühsam den Kopf.
Ja, Mutter, sagte er.
Nun sah die Mutter die Weinflasche und das Weinglas.
Und trinke nicht zuviel, sagte sie.
Nur hie und da, Mutter, murmelte Robert.
Die Mutter setzte sich neben ihn.
Du weißt, sagte sie, das ist nicht günstig für die Zeugung von Kindern.
Robert zuckte schwer getroffen zusammen.

Ja, Mutter, ich weiß es, sagte er mühsam.
Du könntest jetzt schon dazuschauen, drängte die Mutter.
Es wird schon werden, Mutter, sagte Robert, in seinen Akt vertieft.
Die Mutter ließ nicht locker.
Ich könnte euch noch bei der Aufzucht behilflich sein, sagte sie. Solange ich noch bei Kräften bin. Mit Vater wird ja nie etwas anzufangen sein.
Wieder vertiefte sich Robert in die Akten.
Es wird schon werden, Mutter, sagte er.
Vertraulich rückte die Mutter näher.
Inge könnte sich einmal untersuchen lassen, flüsterte sie. Vielleicht stimmt etwas nicht mit ihr. Soll ich mit ihr reden?
Um Gottes Willen, fuhr Robert nun auf. Das überlasse gefälligst uns, Mutter!
Schon gut, schon gut, meinte die Mutter. Ich meinte es ja nur gut. Die heutigen Frauen sind nicht mehr so kräftig wie unsere Generation.
Mutter, rief Robert nun laut, lasse gefälligst dieses Thema!
Nun wurde die vorerst gutgelaunte Mutter böse.
Und du schrei nicht mit deiner Mutter, sagte sie. Ich weiß, was ich sage und tue. Und bei Inge tust du deinen Mund überhaupt nicht mehr auf. Wie ein Waschlappen, wie ein Diener kommst du mir manchmal vor. Ihre teuren Einkäufe könntest du ihr ruhig verbieten. Sie passen nicht in unser Haus.
Robert schlug auf den Tisch.
Sei endlich ruhig! schrie er.
Schon wieder schreist du mit deiner Mutter, war die dominierende Antwort. Dabei hast du mir alles zu verdanken! Deine ganze Karriere, dein Ansehen! Schäme dich! Du hast getrunken!
Verzweifelt sank Robert in sich zusammen. Diese dominierenden Worte waren wieder zu stark für ihn gewesen.

Verzeih, Mutter, ich bin überarbeitet, sagte er und erhob sich. Ich gehe ein wenig ins Schlafzimmer und lege mich hin.
Und er torkelte bei der Tür hinaus.
Die Mutter sah ihm nach.
Er wird ein immer hilfloserer Waschlappen, schüttelte sie den Kopf. Trinkt! Raucht! Läßt Inge alles angehen! Vor seiner Mutter läuft er davon! Und an Nachkommen denkt er nicht. Dabei wären hier so ideale Verhältnisse für Kinder. Ordnung, Geborgenheit!
Nachdenklich saß sie eine Weile da.
Nein, sagte sie schließlich, eine so starke Persönlichkeit wie ich wird er nicht werden. Im Grund enttäuscht er mich. Enttäuscht mich sogar sehr! Manchmal fühle ich Angst, unbestimmte Angst. Solche Gefühle habe ich bisher nie gekannt. Dabei ist hier alles so bestens, so untadelig. Eine Insel, ein Felsenriff im Chaos des Lebens sind wir. Ein einsam aufragendes Felsenriff. Wieviele Schiffbrüchige könnten durch uns gerettet werden, hätten sie nur die Kraft, zu uns zu schwimmen und bei uns an Land zu gehen. Hier würden sie Geborgenheit und Ordnung finden.
Und nun ging die Mutter selbst zur Weinflasche und schenkte sich ein Glas ein.
Ich habe Angst, sagte sie dabei.

3.

Ein leises, wohlerzogenes Klopfen unterbrach angenehm die aufsteigenden Ängste der Mutter.
Sie öffnete die Eingangstür.
Viktor und Jolanthe traten ein.
Sind wir zu früh hier, liebe Freundin, fragte Viktor.
Die Mutter, die noch in ihren Gedanken verworren war, erinnerte sich plötzlich des angesagten Besuches der Nachbarn.
Aber nein, sagte sie und schreckte etwas zusammen. Oh, Viktor, ich hatte ganz vergessen, daß Sie und Jolanthe

heute zu Besuch angemeldet sind. Darum werkt Inge so eifrig in der Küche.
Nun, meinte Viktor, früher waren unsere Besuche weniger offiziell.
Nachdem alle Platz genommen hatten, seufzte die Mutter: Ja, früher war eben ich die Frau im Haus.
Das sind Sie noch immer, Gnädigste, sagte Jolanthe.
Gut wäre es, wenn es so wäre, antwortete die Mutter sehr gereizt über Jolanthes Tonfall. Glaubte sie, einen Vorwurf heraushören zu müssen?
Gut wäre es, wenn es so wäre, betonte sie deshalb nochmals etwas königlicher. Denn hier herrscht nur Luxus, Trunksucht, Unaufrichtigkeit, der Sinn für das Unwesentliche –
Viktor unterbrach sie.
Aber beste Freundin, sagte er. Diese Konstellation, wie sie hier ist, wollten Sie doch immer. Ein wenig Toleranz der Jugend gegenüber werden Sie sicher aufbringen, wie ich Sie kenne.
Die Mutter seufzte angenehm berührt: Ja, das werde ich und das tue ich auch.
Jolanthe räusperte sich. Sie war tatsächlich verkühlt und fühlte sich nicht wohl. Doch die Mutter war durch dieses Räuspern wieder aufgebracht.
Nun, Jolanthe, wandte sie sich an die ruhig dasitzende, etwas blasse Tochter ihres Nachbarn. Haben Sie sich schon von den Anstrengungen der letzten Jahre etwas erholt? Von Ihrem Ausflug ins Abenteuer, ins Nichts?
Das Wort „Nichts" war ein Schwert durch die Seele Jolanthes. Sie sagte langsam, deutlich und von oben herab: Ich habe einem Menschen seinen Sinn und seine Erfüllung gegeben, davon bedarf es keiner Erholung.
Und ihren guten Vater hatten Sie im Stich gelassen, bohrte die Mutter weiter.
Er ist aufgeblüht, wie Sie selbst sehen, antwortete Jolanthe im selben Tonfall. Er ist gesünder als je zuvor.
Ja, sagte die Mutter, das wundert mich.
Nun mischte sich auch Herr Viktor in das Gespräch ein.

Sie werden es nicht glauben, beste Nachbarin, sagte er. Aber ich bin stark geworden durch die Stärke meiner Tochter. Sterben wollte ich wie ein trotziges Kind. Und war nahe daran. Aber da kam mir der Gedanke – willst du wirklich deinem tapferen Kind zeitlebens das Gefühl geben, Schuld am Tod ihres Vaters zu haben? Diese Erkenntnis kam mir im letzten Augenblick überwältigend klar in den Sinn. Nur weil es seiner Überzeugung folgt, die ich eben nicht nachempfinden kann? Diese letzte Erkenntnis hinderte mich, zu sterben. Nein, das wollte ich meinem Kind nicht antun! Ich habe auch akzeptiert, daß das Leben unserer Kinder vielfältiger verlaufen muß als unseres. Sie sind individueller geworden. In gewisser Hinsicht haben sie es dadurch sogar viel schwerer als wir.
Die Mutter war beleidigt.
Ihre Worte waren zerbrochen worden, noch dazu von ihrem so geschätzten und harmlosen Nachbarn Viktor. Nun, sagte sie. Das klingt recht zeitgemäß, modern, chaotisch. Aber gerade das Chaos wollen wir ja meiden, nicht akzeptieren. Jolanthe räusperte sich wieder.
Wer das Chaos nicht zu durchschreiten vermag, sagte sie, und es nicht nach eigenen Kräften zu ordnen imstande ist, der wird in dieser Welt keine Wirkung mehr ausüben. Er wird nichts und niemanden retten können. Diese neue Ordnungsliebe bietet keine Bequemlichkeit und Sicherheit. Die alten Normen sind Töne, die der Sturm schon zerfetzt hat. Freilich, wenn kein Sturm geht, können sie nach wie vor noch eine recht hübsche Melodie ergeben. Als mein schwer zuckerkranker Dr. Konrad –
Ach, meinte die Mutter, Sie meinen Ihren Freund?
Ja, sagte Jolanthe verächtlich, nun, als er gestorben war und ich erkannt hatte, daß ich ihm ihn selbst wiedergegeben hatte, da wußte ich, daß ich den einzig richtigen Weg gegangen war. Aber es war ein chaotischer Weg, Gnädigste.
Nun, meinte die Mutter, da haben Sie eben Glück gehabt. Sie und er, Sie hätten auch im Dreck landen

können. Und nun verfallen Sie immer mehr der Selbstüberschätzung.
Jolanthe erhob sich.
Ich gehe, Vater, sagte sie. Unsere Frau Nachbarin sieht mich nicht gerne, so wie sie Wahrheit und Notwendigkeit nicht gerne sieht. Ein solches Milieu vertrage ich nicht mehr. Auf Wiedersehen!
Und schon hatte Jolanthe die Tür hinter sich geschlossen. Herr Viktor schämte sich etwas. Ihm war jeder Streit unangenehm.
Entschuldigen Sie meine Tochter, beste Freundin, sagte er. Die durchgestandenen schweren Zeiten haben sie verändert, das stimmt. Aber es wird sich wieder geben.
Die Mutter fühlte sich wieder königlicher, denn Jolanthes Anwesenheit hatte sie verunsichert.
Keine Ursache, lieber Viktor, antwortete sie. Jolanthe war immer schon etwas überheblich.
Eine Weile schwieg sie. Und wieder kroch die unheilvolle, unverständliche Angst in ihr hoch.
Sie werden es nicht glauben, Viktor, sagte sie plötzlich, aber in letzter Zeit fühle ich mich selbst oft unsicher. Oft packt mich eine panische Angst, und ich weiß nicht warum. Wahrscheinlich fühle ich mich hier überflüssig, das wird es sein! Ja, genau, das wird es sein!
Herr Viktor sah sie erstaunt und wie ein fremdes Wesen an.
Aber, aber, liebste Freundin, sagte er. Das gibt sich doch wieder. Ich werde Ihnen beistehen, so gut ich kann. Sie haben mich früher oft gestärkt, nun brauchen Sie ein wenig Hilfe. Was in meinen Kräften steht, will ich für Sie tun.
Bei dem Wort „Hilfe" war in die Mutter ein tiefer Schreck gefahren. Ihre Angst steigerte sich.
Ja, Hilfe, rief sie getroffen. Nach Hilfe schreit mein Inneres!
Und Hilfe weswegen?
Sie rang die Hände.
Viktor! rief sie wieder. Irgend etwas stimmt hier nicht.

Ich fühle kein Leben um mich! Meine Familienmitglieder gehen wie Schemen an mir vorüber. Ich fühle keine Herzen schlagen, ich höre niemanden eine Wahrheit aussprechen. Ich stehe vor einer Mauer und weiß nicht, was sich dahinter abspielt. Oh, Viktor!
In diesem Moment kam Robert leise und vorsichtig die Treppe herab und begrüßte Viktor.
Guten Abend, lieber Nachbar, sagte er. Nett, Sie zu sehen. Ist Jolanthe nicht gekommen?
Nein, sagte die Mutter sarkastisch. Sie verträgt unser Milieu nicht mehr. Sie ist Besseres gewöhnt.
Viktor schämte sich wieder etwas.
Sie ist noch etwas hergenommen, sagte er begütigend. Sie müssen entschuldigen.
Selbstverständlich, sagte Robert. Am besten wird es sein, ich gehe in die Küche und sehe nach, was meine Frau dort kocht.
Während er seine Schritte zur Küche lenkte, dachte er, wie froh er eigentlich war, mit Jolanthe nicht diskutieren zu müssen. Schonungslos, dachte er, sagt sie einem alle Wahrheiten – das heißt Beleidigungen – ins Gesicht. Das hätte mir heute gerade noch gefehlt.
Die Mutter aber legte leicht den Kopf an Viktors Schulter. Helfen Sie mir, sagte sie. Ich habe Angst.
Viktor, zutiefst berührt, schlang die Arme um sie.
Das ist nur die Einbildung, sagte er tröstend. Bei Ihnen ist doch alles bestens.

4.

Robert hatte nach diesem geselligen Beisammensein, bei dem ihm übrigens – wahrscheinlich wegen übermäßigen Alkoholgenusses – totenübel gewesen war, den Entschluß gefaßt, zu einem Psychiater zu gehen, der in der entfernt gelegenen Hauptstadt ordinierte, und sich bei ihm Rat und Hilfe zu holen. Denn täglich fühlte er Ängste und Depressionen, vor allem aber schwerste Minderwertigkeitsgefühle aufsteigen, die der Alkohol gerade noch erträglich machen konnte. Denn, mit einem einfachen Wort ausgedrückt, er war impotent. Seine Arbeit litt. Hoch türmten sich die Akten in seiner Kanzlei. Und er hatte niemanden, mit dem er über seine Probleme sprechen konnte, nicht einmal sich selbst. Denn nicht einmal sich selbst wagte er seine traurige, hilflose und deprimierende Lage einzugestehen. Immer noch war er von dem Gefühl beherrscht, daß in diesem Hause, in dem er lebte, alles bestens sein mußte und stets bestens sein würde, da alles nach Ordnung und Sitte ablief. Also kam es ihm vor, als irrte er sich, als sei ohnehin alles in bester Ordnung, und alle seine Niederlagen und unerfüllten Wünsche seien eine Einbildung.

Gerade deshalb suchte er also heimlich einen Psychiater auf.

Als er von diesem ersten Arztbesuch heimkam, sank er mindestens so deprimiert, wie er schon gewesen war, auf einen Sessel nieder und schüttete mindestens die doppelten Alkoholmengen in sein Glas, das er gierig leerte. Im Hause war es still, anscheinend waren alle ausgegangen.

Angetrunken und dadurch erleichtert, stützte nun Robert den Kopf in beide Hände und führte ein langes Selbstgespräch: Und das soll ein renommierter Arzt in der Großstadt sein! Einer der teuersten Spezialisten! Einmal war ich dort und nie wieder! Nie wieder! Was habe ich dort nicht alles an Absurditäten zu hören bekommen! Wie kann das ein realistisch denkender Mensch akzeptieren! Ich hätte starke Aggressionen gegen meine Mutter und auch gegen meine Frau. Ich sei mit meiner Mutter verheiratet und hätte Schuldgefühle deswegen. Ich sähe auch in meiner Frau meine Mutter und darum klappte es nicht. Ob ich jemals den Tod meines Vaters gewünscht hätte? Ich sollte aus dem Haus meiner Mutter ausziehen, auch wenn ich noch so starke Angst- und Schuldgefühle bekäme. Ich sei infantil. Ich sollte mich analysieren lassen. Dann erst könnte ich

mich entscheiden, ob ich wirklich mit meiner Frau weiterleben oder mich von ihr scheiden lassen wollte. Und das alles in unserem Hause, in dem Worte wie – hm, Geschlechtliches oder Ähnliches nie in den Mund genommen wurden! Ob ich jemals richtig aufgeklärt wurde! Nein – das heißt, ja. Das weiß ohnehin jeder Mensch. Wo Elisabeth nicht eintreten durfte, weil sie geschieden war, sollte ich ernsthaft überlegen, ob ich mich nicht scheiden lassen sollte!
Mit kräftigen Zügen verstärkte er seine Trunkenheit. Nein, sagte er. Wenn das Mutter hörte! Das ist ja ein Wahnsinn, was da heutzutage von den Ärzten an verbrecherischem Unsinn gesprochen und vor allem geraten wird! Wenn sogar von dieser Seite das moralische und psychische Chaos gefördert wird, wie kann man hoffen, daß es in unserer Welt wieder aufwärts geht?
Nun stand er auf, schüttelte fassungslos den Kopf und setzte sich wieder hin.
Nein, sagte er. Dieser Arzt sieht mich nicht mehr! Ich werde ihn auch niemandem weiterempfehlen! Auch weiß ich jetzt, was ich von seinen Gerichtsgutachten zu halten habe. Ein durch und durch chaotischer Mensch! Einer, der richtige Lust verspürt, die Unruhe aufzustöbern und noch zu vergrößern. Der würde mich noch dazu bringen, Mutter und Frau zu verlassen.
Nun ging er unruhig auf und ab.
Ich muß andere Wege finden, sagte er, mein Eheleben zu retten. Wozu habe ich denn ein Leben lang geübt, nach Verstand und Willen zu leben? Nur Elisabeth hatte mich durcheinandergebracht. Mutter hatte das ganz richtig erkannt. Oh, Mutter, was habe ich dir alles angetan! Verstand und Willen zur Ordnung hast du mir gepredigt und anerzogen, und ich habe dich so enttäuscht! Das sehe ich jetzt erst, da ich bei diesem Psychotherapeuten war. Richtige Angst habe ich dort bekommen! Panische Angst! Fast hätte ich gewünscht, du wärest dabeigewesen, Mutter! Du hättest ihm die richtigen Antworten gegeben! Diese Angst! – Die ist nun wieder besser, seit

ich mich in diesen vier Wänden etwas gesammelt habe. Nein – ich sehe mehr und mehr, daß Mutter ganz recht hatte. Nie hat sie einem Gefühl oder einem Wunsch nachgegeben, der nicht in ihre Ordnungsprinzipien gepaßt hätte. Auf wieviel hat sie in ihrem Leben verzichtet! Sie war sicher mit Papa nie sonderlich glücklich. Nein, sogar unglücklich. Und nie hat sie aufbegehrt. Und ich wollte das nicht einsehen! Was kann ich also tun?
Er blieb sinnend mitten im Zimmer stehen.
Ich glaube, überlegte er weiter, daß, seit ich Elisabeth aufgegeben habe, ich viel zu viel Alkohol getrunken und auch geraucht habe. Das ist es! Das müssen die eigentlichen Ursachen meiner Eheschwierigkeiten sein. Daß ich darauf noch nicht gekommen bin! Es ist doch bekannt, daß Alkohol schwächt! Wie bin ich froh, daß mir dieser Gedanke gekommen ist! Ich habe mich die ganze Zeit über zu viel gehen lassen, das ist alles! Ich werde ab nun auf alles verzichten, ein völlig gesundes und geregeltes Leben führen. Keinerlei schädlichen Wünschen nachgeben! So wird mir geholfen werden. Alles wird gut werden! Wie könnte es anders sein? – Die fleischgewordene Ordnung, der fleischgewordene Vorwurf für alle, die abweichen vom Weg, werde ich sein. Das ist meine Aufgabe. Nicht jeder braucht ein Mensch zu sein. So wird mir geholfen werden. Ich fühle es.
Er stand aufrecht mitten im Zimmer.
Wie bin ich glücklich, sagte er. Glücklich!
Durch ein Klopfen an der Tür wurde er aus seiner Glückseligkeit herausgerissen. Er wankte zur Tür und öffnete sie. Max stand draußen . . .
Brav-Robertchen, sagte Max, hast du Geld für mich? Meine Mutter ist tot, ich leide große Not!
Robert erwachte nun ganz aus seinen Gedankengängen. Wieder du Scheusal! schrie er, du Intrigant! Als ob ich keine anderen Sorgen hätte! Du Tratschweib! Verschwinde, wohin du gehörst!
Er schmetterte die Tür vor Max wieder zu.

Max aber klopfte weiter und sang: Ich kehre heim in die Sümpfe des Lebens, und seh euer Haus, es leuchtet. Mein Haus ist dahin. Ich bin noch im Traum bei den Farben – Robert hatte angstvoll zugehört.
Ja, sagte er, dein Haus ist bald dahin. Dafür habe ich gesorgt. Du bist ein Störenfried, eine Schmeißfliege der Gesellschaft, schrie er.
Singend hörte er Max weggehen: Ich kehre heim in die Sümpfe –
Angstvoll horchte ihm Robert nach.
Er verfällt immer mehr, murmelte er, so wie seine Gesänge. Einst haben sie mir recht gut gefallen.
Er griff sich ans Herz.
Und dieser Mensch, schrie er, hat mir wieder Angst gemacht! Warum? Fast wollte ich ihm heute Geld geben, da ich selbst neue Hoffnung habe und glücklich war. Nun kommt wieder diese Angst über mich. Warum? – Dieser Mensch kann mir noch alles zerstören.
Robert ging nun zum Schrank, um sich eine neue Flasche Wein zu öffnen – zuckte aber plötzlich zurück.
Nein! seufzte er, nein! Ab nun wird ja nichts mehr getrunken! Wie mir das schwer fällt! Und keine Zigarette mehr! Dabei bin ich völlig mit den Nerven fertig. Ich zittere!
Er besah seine zitternden Hände und wischte sich dann den Schweiß von der Stirne.
Aber so wird mir geholfen werden, wimmerte er. Wie ich zittere! Ich werde mich etwas hinlegen –
Und er ging die Treppe hinauf in sein Zimmer.

5.

Robert war in seinem Zimmer vor Erschöpfung, Depression und Trunkenheit rasch eingeschlafen.
Er hörte nicht, daß unten im Wohnzimmer Herr Viktor und Frau Martha es sich gemütlich machten. Anscheinend hatten sie einen gemeinsamen Spaziergang unternommen.
Kommen Sie, lieber Viktor, sagte die Mutter. Setzen wir uns hier zusammen, trinken wir ein Gläschen und plaudern. Mir ist in letzter Zeit so nach Reden zumute.
Sie holte zwei Gläser, eine Flasche Wein aus dem Kasten und setzte sich neben Viktor.
Schenken Sie uns ein, sagte sie.
Viktor schenkte die Gläser voll.
Danke, liebe Freundin, sagte er. Seit wann – wenn Sie mir die Frage gestatten – trinken Sie selbst Alkohol? Das war doch früher nie der Fall?
Die Mutter war kurze Zeit verlegen.
Nun ja, sagte sie. Mein Sohn – leider Gottes – bringt in letzter Zeit so viel Wein nach Hause. Und da wird man auch selbst zum Trinken verführt. Der Wein beruhigt etwas die Nerven, die Angst vergeht, die Sorgen schwinden.
Herr Viktor war aufmerksam.
Welche Angst, fragte er. Welche Sorgen? Haben Sie sich noch nicht beruhigt? Bei Ihnen ist doch alles in bester Ordnung. Ihr Sohn macht Karriere, ist gut und standesgemäß verheiratet. Sie selbst können teilhaben am Glück Ihres Kindes, um das Sie sosehr gekämpft haben. Der weitere Lebensablauf in diesem Hause ist klar und einfach. Wenn ich dagegen an Jolanthe denke, was aus ihr werden wird! Zwar hat sie wieder ihren Schwesternberuf aufgenommen, sie ist jedoch sehr verändert und mir unerklärlich fremd geworden. Das bedrückt mich. Jedoch – sie hat bewiesen, daß sie imstande ist, ihren eigenen Weg zu gehen. Und das ist wieder eine große Beruhigung für mich.

Frau Martha nippte an ihrem Glas.
Das ist es ja, sagte sie. Diese Beruhigung fehlt mir, lieber Viktor. Darum bin ich so angstvoll in letzter Zeit.
Das verstehe ich nicht, schüttelte Herr Viktor den Kopf. Bei Ihrem Sohn ist doch alles bestens.
Wieder nippte die Mutter an dem Weinglas.
Mir scheint, sagte sie nach kurzer Pause – beziehungsweise habe ich gehört, daß er nicht ganz – gesund sein soll.
Wieder nippte sie eifrig.
Im Vertrauen, bester Freund, flüsterte sie, sich umsehend, manchmal sagt mir eine innere Stimme, daß ich hier wegziehen und die Jungen allein lassen sollte.
Aber, rief Herr Viktor, Sie stören doch niemanden! Sie helfen doch nur!
Wieder nippte die Mutter.
Manchmal, flüsterte sie wie vorher, ertrage ich den Anblick meines Sohnes nicht mehr. Eine Knechtsgestalt! Eine Dienstbotennatur! Eine Maske ohne Leben! Da bin ich eine andere Persönlichkeit! Ich habe die Ordnung gelebt, er aber erduldet sie nur. Am liebsten möchte man ein Feuer hinter ihm anzünden, daß er zum Leben erwacht!
Herr Viktor war erstaunt. So hatte er Frau Martha noch nie reden gehört.
Das macht der Wein, sagte die Mutter, seine Gedanken lesend, daß ich so rede. Wenn ich trinke, kommen mir die eigenartigsten Gedanken, die ich früher nie hatte. Und bei diesen Gedanken bekomme ich auch immer große Angst und das Gefühl irgendeiner Schuld. Aber mein Verstand sagt mir natürlich, daß das alles ein Unsinn ist. Vorübergehende Gefühle.
Wieder nippte sie an dem Weinglas.
Das glaube ich auch, sagte Herr Viktor, der fast nichts trank. Diese Unsicherheit geht wieder vorüber. Und bleiben Sie hier, gehen Sie nicht weg, liebste Freundin.
Meinen Sie, fragte die Mutter.
Herr Viktor lehnte sich zurück.

Es würde mir sehr abgehen, sagte er, könnte ich nicht mehr mit Ihnen reden. Sie sind mein einziger Freund.
Die Mutter fühlte sich erfreut und geschmeichelt.
Wenn Sie meinen, sagte sie, daß hier alles in Ordnung ist, werde ich mir keine Gedanken mehr machen. Es ist wohl auch das beginnende Alter, das mich unsicher macht. Außerdem fühle ich mich einsam. Mit meinem Mann war ja nie etwas anzufangen, und mit meinem Sohn ist bald noch weniger anzufangen. Ich fühle mich hier einsam, das ist es.
Nun trank Herr Viktor etwas kräftigere Züge.
Aber Sie haben ja mich als Freund, sagte er.
Ja, das stimmt, sagte die Mutter trinkend. Und n u r Sie.
Und ich, sagte Herr Viktor, habe auch n u r Sie, liebste Freundin. Wir beide brauchen einander.
Erschrocken stellte die Mutter das Weinglas hin.
Was haben wir da eben gesagt, fragte sie. Ging das nicht etwas zu weit?
Herr Viktor trank noch angeregter.
Aber, liebste Freundin, sagte er. Ich würde sogar in aller Freundschaft Ihnen mitteilen, daß ich Sie liebe. Nicht nur brauche, sondern auch liebe. Seit Jahren.
Erschrocken verharrte die Mutter.
Liebe – sagte sie. Oh, schreckliches Wort!
Viktor legte den Arm um sie und sagte: Sie wurden im Grunde doch noch nie geliebt. Wer hat Sie geliebt? Ihr Mann? Ihr Sohn?
Die Mutter verharrte weiter in erstarrter Haltung.
Ja, sagte sie nach einer langen Pause. Sie haben recht. Niemand hat mich bisher geliebt. Vielleicht mein Sohn – manchmal. Jetzt nicht mehr.
Herr Viktor sprach weiter: Und wer hat Sie verstanden und verehrt? Ihre Stärke, Ihren Einsatz, Ihr Pflichtgefühl? Geschätzt und verehrt?
Die Mutter erwachte.
Niemand! Niemand! rief sie. Ich habe nur gekämpft und gekämpft! Für die Ordnung und für die Familie. Und niemand hat mich je geliebt und geschätzt.

Mit einem Aufschluchzen warf sie sich an die Brust von Viktor. Jetzt weiß ich, rief sie, warum ich so geworden bin. So hart und lieblos! Niemand hat mich je geliebt! Niemand!
Herr Viktor strich ihr über den Kopf und sagte: Ich tue es.
Die Mutter ließ alles geschehen und drückte sich immer näher an Viktor.
Vielleicht, flüsterte sie, vielleicht ist es der Lohn für alle Entsagungen, für alle Pflichterfüllungen, daß ich noch einmal – einmal in meinem Leben – fühlen darf. Daß ich, ein einziges Mal wenigstens, lieben darf und es ertrage, geliebt zu werden. Jetzt, am Abgang meines Daseins, gestählt durch Härte und Selbstverleugnung. Warum erst jetzt? – Es wird der richtige Augenblick sein, in dem der gehärtete Stahl gebogen wird zu schöneren Formen.
Mutter und Viktor verharrten beide schweigend in ihrer Umarmung.

6.

Robert, der sich in seinem Schlafzimmer von seiner Verzweiflung und seinem Rausch etwas erholt hatte, kam nun die Treppe herunter, um sich doch noch ein letztes Mal ein Glas Wein zu vergönnen.
Entsetzt prallte er zurück, als er seine Mutter und Herrn Viktor in ihrer zweifellos liebesverbundenen Stellung sitzen sah.
Draußen ging Max mit langsamen, schleifenden Schritten vorüber.
Zögernd, ohne ihren Sohn zu sehen, löste sich die Mutter aus der Umarmung.
Vielleicht, flüsterte sie, ist noch etwas zu retten von meinem – Ich. Von – mir.
Herr Viktor strich ihr über den Kopf.
Bleiben Sie, liebste Freundin, bat er.
Da fuhr Robert dazwischen. Schrecken überfiel ihn.
Mutter, rief er. Was soll das?
Die Mutter hob langsam den Kopf wie in Trance:

Robertchen – du?
Mutter, rief Robert noch einmal. Du bist krank!
Nein, sagte die Mutter abwesend. Nein, Robert. Ich liebe. Und vor allem – ich fühle mich geliebt. Ich – fühle – mich – geliebt.
Roberts Entsetzen steigerte sich.
Mutter! rief er. Was soll dieser Blödsinn? Du bist krank! Nachbar, was haben Sie mit ihr gemacht?
Herr Viktor war nun etwas verlegen.
Nun, sagte er. Ich habe ihr gesagt, daß ich sie liebe. Immer schon geliebt habe.
Meine Mutter, schrie Robert wütend, ist eine verheiratete Frau!
Ich habe nichts Unehrenhaftes getan, sagte Herr Viktor.
Und – diese Vertraulichkeiten? fragte Robert streng.
Ach, Robert, lenkte Herr Viktor ein. Lassen Sie doch Ihrer Mutter dieses reine, harmlose Gefühl von Glück und Liebe.
Robert war fassungslos.
Glück und Liebe! rief er in höchsten Tönen. Das sind wohl die letzten menschlichen Regungen, für die Mutter zu haben wäre. Sie sind auch nicht notwendig. Sie sind sogar schädlich, wie man sieht, denn schon leiten diese Gefühle einen Ehebruch ein. Mutter! Wach auf! Sage mir, was los ist mit Dir!
Die Mutter war noch immer in Trance.
Robert, sagte sie von weither kommend, ich habe erst heute erfahren, daß ich – bin.
Nun wurde die Angst in Robert unerträglich.
Mutter, rief er, wache auf! Du hast mich doch die Ordnung, den Willen und den Verstand gelehrt! Sie allein führen den Menschen zu dem, was er sein soll – zu sich!
Die Mutter hob den Kopf.
Ich habe mich geirrt, Robert, sagte sie.
Du hast dich nicht geirrt, rief Robert in steigender Spannung. Verschwinden Sie, sagte er zu Viktor, aus diesem Hause! Sofort! Hier können wir keine Unruhestifter brauchen!

Herr Viktor wandte sich an die Mutter: Soll ich gehen, liebste Freundin?
Nun war die Mutter etwas erwacht, richtete sich auf und sagte dominierend: Er bleibt, Robert, solange i c h Wert darauf lege. Dieses Haus ist auch meine Wohnung.
Robert verlor seine Nerven.
Das interessiert mich nicht! schrie er. Du hast auch Elisabeth einmal hinausgeworfen! Sofort, Viktor, gehen Sie!
Ich bleibe, sagte Viktor.
Die Mutter war wieder königlich geworden.
Er bleibt, Robert. Mache dich nicht lächerlich, sagte sie.
Mutter, flehte nun Robert verzweifelt. Er begann zu flehen, weil er Gefahr fühlte, größte Gefahr und größte Angst.
Mutter, sagte er. Erinnere dich doch an alles, was du mich gelehrt hast! Ein Mensch der Ordnung muß immer derselbe bleiben. Er darf nicht umfallen. Die Stütze des Hauses darf nicht wankend werden. Das Felsenriff im Meer darf nicht überschwemmt werden. Das bringt Unglück.
Die Mutter war wieder traumverloren. Sie hatte Alkohol und Liebe – gleich einer unschätzbaren Droge – genossen.
Nur wer sich selbst erfahren hat, Robert, sagte sie, versteht auch den anderen.
Robert steigerte sich in seinem Flehen.
Mutter, rief er, wer sprach denn je von der Selbsterfahrung eines Menschen? Die Ordnung ist es, die jeden Menschen, ganz gleich, wer und wie er ist, halten kann!
Ich sehe die Dinge jetzt anders, sagte die Mutter.
Nun stürzte Robert auf die Mutter zu, um sie von Viktor wegzuzerren.
So! schrie er. Du kommst jetzt mit mir! Ich bringe dich auf dein Zimmer! Dort bleibst du, bist du wieder bei Sinnen bist! Nun erwachte die Mutter völlig aus ihrem Trancezustand und riß sich von Robert los.

Rühre mich nicht an, schrie sie nun ihrerseits, ich lasse mich zu nichts zwingen!
Erinnere dich, schrie Robert ebenso, wie du mich gezwungen hast, mich deinem Willen zu unterwerfen!
Nun stand die Mutter auf, stand da, dominierend, königlich, erdrückend. Sie sagte: Hättest du dich eben nicht meinem Willen unterworfen! Wärest du doch ein Mann gewesen! Wenn du wirklich geliebt hättest, hättest du nicht auf mich hören dürfen! Verachtet habe ich dich!
Robert stürzte zu ihren Füßen nieder, umfaßte ihre Beine, flehte: Mutter, das ist doch nicht dein Ernst! Du weißt nicht, was für mich am Spiel steht! Mutter, hilf mir! Bleib dir treu!
Und nun erfaßte wieder die große, dramatische Hysterie die königliche Mutter.
Hilf mir! Hilf mir! äffte sie ihren Sohn verächtlich nach. Das ist alles, was du kannst! Auslachen! Hinauswerfen! Umbringen hättest du mich damals sollen, wenn du wirklich geliebt hättest!
Gesteigerter rief sie: Nun bist du für mich ein – Waschlappen!
Noch gesteigerter rief sie: Ein – Versager!
Herr Viktor zuckte zusammen.
Und noch gesteigerter schrie sie: Nun bist du für mich – nicht mein Sohn! Ich schäme mich für dich! Ich verachte dich, du Schwächling!
Halten Sie ein, liebste Freundin, rief Herr Viktor.
Ich halte nicht ein, schrie die Mutter leidenschaftlich.
Robert kniete vor die Mutter hin.
Mutter, sagte er voll Angst. Du bist nicht normal. Ich hole einen Arzt.
Da stieß ihn die Mutter mit einem Fußtritt weg, so daß Robert am Boden lag.
Pah, schrie sie immer gesteigerter. Arzt? Ich? Wenn hier jemand einen Arzt braucht, dann bist es du! Impotenter Schwächling! Versager! Ha! Ha!
Herr Viktor griff sich ans Herz.

Robert erhob sich nun langsam, seltsam ruhig.
Nun ist jede Hoffnung vorbei, sagte er wie von Ferne. Alles, alles ist aus.
Und langsam ging er ins Nebenzimmer.
Die Mutter und Viktor sahen ihm gebannt nach, bis die Tür geschlossen war.
Ich glaube, sagte die Mutter, ich war jetzt etwas zu grob für diesen Schwächling. Aber es soll ihm eine Lehre sein.
Erschöpft lehnte sie sich wieder an die Brust Viktors.
Vielleicht, sagte sie wieder traumverloren, daß einmal noch der gehärtete Stahl gebogen wird zu schöneren Formen.
Sie wußte nicht, daß zur selben Zeit dieser gesprochenen Worte ihr Sohn in seinem Schlafzimmer eine Überdosis von Schlaftabletten zu sich genommen hatte.

7.

Während dieser ereignisreichen Stunden saß Jolanthe einsam und nachdenklich in ihrem Zimmer. Sie war froh, daß ihr Vater gern und oft zur Nachbarin gehen konnte. Was ihn allerdings dort anzog, verstand sie nicht. Aber es ging sie auch nichts an. Sie sah nur, daß er dort glücklich war.
Max, der eben am Haus von Frau Martha vorbeigeschlichen war, klopfte bei Jolanthe an. Sie öffnete. Sofort fiel Max zu ihren Füßen nieder.
Jolanthe ging wieder zu ihrem Sessel und setzte sich. Max kroch ihr nach, um wieder vor ihr zu kauern.
Niemand mag mich mehr, lallte er weinerlich. Alle werfen mich hinaus. Ich habe keine Freunde mehr. Und niemand hat mich je wirklich für einen Künstler gehalten.
Er umschlang weinend ihre Beine.
Jolanthe blieb scheinbar unbeeindruckt.
Du bist auch kein Künstler, sagte sie, ihn genau beobachtend. Du bist ein verkommenes, versoffenes, verhurtes, rauschgiftsüchtiges Individuum.

Max heulte auf: Jolanthe, nicht so hart!
Dann wurde er aggressiv.
Aber dein Dr. Konrad, sagte er, war doch ein ebensolches – Individuum.
Jolanthe zuckte zusammen.
Du wirst den Namen dieses Mannes nicht in den Mund nehmen, sagte sie. Er hatte den Willen, den du nicht hast, Dreckskerl!
Max wimmerte wieder: Gib du ihn mir!
Gib du ihn mir, äffte ihn Jolanthe nach. Du selbst mußt ihn haben!
Max jammerte weiter: Gib du ihn mir. Deinem Konrad hast du ihn auch gegeben!
Da war Jolanthe weit weg.
Ihn, sagte sie leise, habe ich geliebt.
Dann liebe auch mich, weinte Max.
Jolanthe war angewidert. Zu viele Erinnerungen lasteten noch auf ihr, und von sich selbst wußte sie, daß sie den Keim einer Todeskrankheit in sich trug. Sie wollte Ruhe. Sie brauchte Ruhe.
So gab sie Max einen Fußtritt.
Du bist ein winselnder Hund, und sonst nichts, sagte sie.
Liebe mich und hilf mir, flehte Max.
Jolanthe sagte mit neuerlichem Fußtritt: Hilf dir selbst! Geh in die Entwöhnungsanstalt! Ich bringe dich hin. Das kann ich für dich tun.
Nein, weinte Max. Ich kann nicht und will nicht. Ich will hier bei dir bleiben.
Jolanthe fühlte Schwäche, Ruhebedürfnis.
Widerlicher Hund, sagte sie. Du verdienst die Peitsche und sonst nichts.
Dann schlage mich, wimmerte Max.
Jolanthe ertrug diesen Menschen kaum mehr, obwohl sie ein großes Herz für Verlorene hatte. Aber heute fühlte sie sich selbst verloren.
So gab sie Max einen festeren Fußtritt.
Verschwinde endlich aus meinen Augen, sagte sie.
Max küßte ihr die Füße.

Das tut gut, sagte er. Schlage mich, trete mich!
Was mache ich mit diesem verkommenen Geschöpf, dachte Jolanthe. Zwar bin ich gewohnt, mit seinesgleichen umzugehen. Laut sagte sie: Verschwinde endlich! Ich will meine Ruhe!
Max aber legte sich bequem hin zu ihren Füßen.
Ich bleibe bei dir und sterbe hier, sagte er.
Ha, sterben, sagte Jolanthe, dabei ahnst du nicht, daß du wirklich schon vor der Tür des Todes stehst. Er hat dich schon ergriffen, Wurm!
Eine kurze Pause des Nachdenkens entstand.
Aber ich werde dich diese Erkenntnis lehren, fuhr Jolanthe fort. Im letzten Moment.
Sie atmete tief und erschöpft, stand aber entschlossen auf, nahm aus einem verschlossenen Kästchen, das sie öffnete, drei Ampullen sowie eine Spritze mit Nadel. Hier, sagte sie auffordernd zu Max. Hier hast du süßestes Gift. Gift, das du liebst. Es wird dir deinen Tod versüßen, und du kannst hier bei mir sterben. Aber rasch!
Sie breitete alles vor ihm am Boden aus.
Rasch, sagte sie wieder. Hier kannst du einen süßen und raschen Tod sterben. Du brauchst dir diese köstliche Substanz nur zu spritzen. Das kannst du ja.
Max sah gierig, aber ängstlich auf die Ampullen.
Jolanthe, fragte er zitternd, woher hast du das?
Sie gab ihm einen neuerlichen Fußtritt.
Na los, sagte sie, ich habe nicht so viel Zeit. Stirb – aber rasch!
Max sah auf zu ihr.
Jolanthe, sagte er. Bist du ein Mensch?
Jolanthe lächelte.
Freilich, sagte sie mit neuerlichem Fußtritt. Und nichts Menschliches ist mir fremd. Das Chaos ist mir vertraut. Ich habe gelernt, mit ihm umzugehen und es zu besiegen. Na los, sagte sie mit neuerlichem Fußtritt.
Wie du lächelst, sah Max zu ihr auf. Nicht wie ein Mensch – wie ein Übermensch. Oder – wie ein Satan.
Er sah auf die Ampullen.

Soll ich, fragte er.
Los! schrie nun Jolanthe. Du wolltest hier bei mir sterben!
Kannst du weder leben noch sterben, Wurm? Zertreten sollte man dich!
Zugleich schrie etwas in ihrem Inneren nach Hilfe.
Hilfe, Gott! schrie ihr Inneres.
Sadistin! weinte Max. Und ich dachte mir, du wolltest mir, so wie deinem Konrad helfen.
Sadistin? fragte sich Jolanthe. Vielleicht, ein wenig. Ich muß es sein.
Und wieder trat sie gegen Max.
Du aber, sagte sie, bist ein Untermensch, ein Wurm, eine Schmeißfliege. Los! Stirb! Ich mag dich nicht mehr sehen! Und sie spuckte ihn an.
Nun besah Max wieder zitternd die Ampullen.
Was tust du, Jolanthe, wenn ich tot bin, fragte er. Hier zu deinen Füßen. Jolanthe!
Ich spucke dich an und verscharre dich wie einen Hund, sagte Jolanthe.
Max weinte plötzlich bitterlich und echt.
Nein, murmelte er unter Tränen, so will ich nicht sterben. So nicht! Ich dachte, du liebst mich – ein wenig –, und ich könnte hier bei dir leben oder sterben. In den Armen des einzigen M e n s c h e n, den ich gekannt habe.
Er erhob sich schlotternd und wankte zur Tür.
Hier aber wohnt ein Satan, schloß er seine Rede.
Wohin gehst du, fragte Jolanthe, ohne sich zu rühren.
Ich gehe in die Entwöhnungsanstalt, klang die Stimme von Max schon von draußen herein. Dort sind wenigstens Menschen meinesgleichen.
Und er ging langsam fort in die dunkle Nacht.
Jolanthe horchte ihm nach, bis seine Schritte verklungen waren. So, sagte sie. Das wäre wieder geschafft. Und auch ich, auch ich – bin geschafft. Ich bin am Ende meiner Kraft.
Sie drehte das Radio auf.

EPILOG

Aus dem Radio klang der dunkle Gesang des „Liedes von der Erde" von Gustav Mahler.
Gebannt und verzweifelt horchte Jolanthe.

„Seht dort hinab! Im Mondschein auf den Gräbern
Hockt eine wild-gespenstische Gestalt.
Ein Aff' ist's! Hört ihr, wie sein Heulen
Hinausgellt in den süßen Duft des Lebens!
Jetzt nehmt den Wein! Jetzt ist es Zeit, Genossen!
Leert eure gold'nen Becher zu Grund!
Dunkel ist das Leben, ist der Tod!"

Diese Musik war zu viel für Jolanthe.
Sie warf sich nieder zu Boden, schluchzte und schrie laut hinaus:
Ihr Männer! Ihr Ungeheuer!
Wasser und Feuer habe ich durchmessen und gewünscht, endlich einmal mit eurer Kraft vom Boden aufgehoben zu werden.
Wo ist eure Kraft?
Wasser und Feuer haben mich zum Kind gemacht. Ich würde Brüder und Väter brauchen, nicht euch, die ihr selbst noch an der Mutterbrust hängt.
Wie leicht ist ein Kind vom Boden aufzuheben, doch selbst das ist euch zu schwer.
Wie viele von euch habe ich dem Unheil entrissen!
Wie viele von euch habe ich, als ich über den Höllensee ging, aus den stinkenden Fluten gezogen!
Was noch wollte ihr von mir?
In mir ist Männliches – wieviel vermag es! Sogar Verlorene aus dem Höllensee zu holen, wenn ich ungeachtet der Gefahr über ihn gehe. Ungeachtet der Gefahr, nur wissend, darin stürbe einer, den ich gerade noch herauszuholen imstande bin.
Das Männliche in mir, das bin nicht ich.
Eine dunkle Seele habe ich, die stark ist.
Und eine lichte, die den Menschen angreift, als wäre sie engelhaft. Doch das Männliche vermag die dunkle Seele.

Sie weiß, was Männliches bedeutet.
Und sie ist es, die dahingeht, die sagt, ihr Männer, ihr Ungeheuer!
Und hier liegt, hier liegt sie, meine lichte Durchsichtigkeit, die schutzlos ist. Kein Mann noch hat sie beschützt. Er hat stets nur das Dunkle, Männliche gesehen. Und die Kraft, die dahintersteht, und die selbst sein Schutz ist. Dieses Lichte, gleich dem Schmetterling, das sah er mit Wohlgefallen, doch gefälliger noch war ihm das Starke.
Mein Starkes ist ein Dunkles.
Das Dunkle geht dem Licht entgegen. Das Starke endet.
Was werdet ihr tun, wenn das Starke verendet ist?
Das Dunkle hat seine Kräfte, das Lichte schwebt.
Lieber noch haltet ihr euch, ihr Männer, an Dunkles, Starkes.
Da fühlt ihr euch sicher.
Jede Mutter ist dunkel und stark.
Ich war eine Mutter und war eine Schwester.
Die Schwester, das war mein Lichtes.
Die Mutter, das war mein Dunkles.
Das Lichte entschwebt.
Wundert euch nicht darüber.
Seid nicht beleidigt, ihr Mutter- und Schwesternlosen!
Schwebt mir nach!
Oder bleibt unten!
Mütter gibt es. Ganz selten Schwestern!
Entschwebt mit mir!
Doch zusehr verhaftet ist der Pfahl in den dunklen Wurzeln der Erde.
Allein!
Dort schwebt das Lichte!
Dort schwebt das Entdunkelte!
Allein!
Laut schrie Jolanthe diese Worte durch den Raum.
Als sie geendet hatte, erklang es weiter aus dem Radio:

> „Er stieg vom Pferd und reichte ihm den Trunk
> Des Abschieds dar. Er fragte ihn, wohin
> Er führe und warum es müßte sein.

Er sprach, seine Stimme war umflort: Du, mein Freund,
Mir war auf dieser Welt das Glück nicht hold!
Wohin ich geh'? Ich geh', ich wand're in die Berge.
Ich suche Ruhe für mein einsam Herz.
Ich wandle nach der Heimat, meiner Stätte.
Ich werde niemals in die Ferne schweifen.
Still ist mein Herz und harret seiner Stunde!
Die liebe Erde allüberall blüht auf im Lenz und grünt aufs neu!
Allüberall und ewig blauen Licht die Fernen!
Ewig . . . Ewig . . ."

Aus Max wurde noch ein großer Dichter und Maler.